Entspanne dich.
Lass das Steuer los.
Trudle durch die Welt.
Sie ist so schön.

KURT TUCHOLSKY

ISBN 978-3-649-61622-1

Hafenweg 30, 48155 Münster, Germany
Grafische Gestaltung: Manuela Altrichter

Printed in Italy

www.coppenrath.de

Geschichten zum Wohlfühlen

Herausgegeben von
Johanna van Blume

COPPENRATH

Ein Hund hat die Seele eines Philosophen.

PLATO

MICHAEL FREY DODILLET

Herrchenjahre

Vom Glück, einen ungezogenen Hund zu haben

Willkommen im Tal der Ahnungslosen

Meine Lieblingsdisziplin ist Rumkugeln im Schlamm. Das tue ich gern und ausgiebig und in der Regel dann, wenn ich mit Hund und Fahrrad im nahe gelegenen Neandertal unterwegs bin. Mein Hund ist eine Hündin und heißt Luna. Hund und Fahrrad sind sehr stabil. Ich eigentlich auch. Neulich ist es mal wieder so weit. Auf dem schattigen, morastigen Waldweg kommen uns Herr und Frau Lose mit ihrem Airedaleterrier entgegen. Der Airedale trägt ein Bällchen in der Schnauze. Er mault ein bisschen rum, weil es sein Bällchen ist. Luna pupt zurück, dass Bällchen grundsätzlich allen gehören und er das Ding gefälligst rausrücken soll. Außerdem sei er ein Balljunkie, und an der Leine habe sie sowieso schlechte Laune. Ein Wort gibt das andere. Luna flippt aus. Wir brezeln vom Weg runter. Das Fahrrad ist zu hoch, die Grasnarbe zu tief, meine Hündin zu aufgebracht. In Zeitlupe kippe ich nach rechts – halb zog sie ihn, halb sank er hin – und lande mit dem Drahtesel im Dreck. Das sieht bescheuert aus.

Inhalt

Herr Lose sieht interessiert zu und fragt: „Warum tun Sie sich das eigentlich an?“ Ja, das ist eine der großen Fragen, die die Menschheit bewegen. Existiert Gott? Gibt es intelligentes Leben im Universum? Werden wir wiedergeboren? Warum tut der sich das an?

Dass ich mich im Laufe meiner nunmehr fünf Luna-Jahre an diesen Zirkus und die damit verbundenen dämlichen Kommentare gewöhnt hätte, wäre zu viel gesagt. Zumindest aber kann ich relativ gelassen damit umgehen. Aufstehen, Erdbrösel vom Hosenboden klopfen, freundlich grüßen, weiterradeln. Außerdem sind die mit schlammbraunen Bundhosen und jagdgrünen Wadenstrümpfen ausgestatteten Eheleute Lose nicht die einzigen Hundebesitzer zwischen Düsseldorf und Wuppertal, die sich freuen uns zu sehen. Davon gibt es unzählige, und wir enttäuschen keinen von ihnen. Sie bekommen immer etwas geboten und haben hinterher viel zu erzählen.

Wie ich vor fünf Jahren auf den Hund gekommen bin? Das war eine wohlüberlegte Entscheidung, der monate-, wenn nicht gar jahrelanges Abwägen sämtlicher Vor- und Nachteile vorausging. Es waren Zeiten, geprägt von der Lektüre wertvoller Bücher, unzähligen Gesprächen und langem Grübeln. Ich habe mich mit Zuchtstandards auseinandergesetzt, Hundecharaktere analysiert, Wunschlisten erstellt und diese mit Rassetypologien abgeglichen. Die Zahl der Züchter, mit denen ich gesprochen und deren Welpen ich besichtigt und geknuddelt habe, war zweistellig. Mein Wissen wuchs und wuchs, die Vorstellung von dem Hund, der perfekt in meine Familie und meinen Alltag passt, gestaltete sich immer präziser. Letztlich entschied ich mich gegen den reinrassigen, in sechzig Prozent der Fälle kränkelnden Standardfamilienretriever und gab stattdessen einem robusten Mix aus Schäferhund, der selbstverständlich aus einer kerngesunden Arbeitslinie stammt, und großem Schweizer Sennenhund den Vorzug. Beide Eltern waren charakterlich extrem stabil, die Groß- und Urgroßeltern ebenso. Kurz gesagt, ich habe mich lehrbuchmäßig auf meinen Hund vorbereitet. So weit die offizielle Version. Die ist natürlich ausgemachter Blödsinn, kommt aber immer dann zum Einsatz, wenn mir diese bällchenschleudernden, mit Biorind fütternden, Feinifein jauchzenden, allwissenden, hauptberuflichen Hundehalter am Rande von Hundewiesen auf den Zahn fühlen. Bis auf „robust“ und „Schäferhund“ und „Mix“ stimmt an dieser Geschichte nichts. In Wirklichkeit ist es ganz anders gewesen. „Wir wollen einen Hund“, sagt meine jüngste Tochter Marie. „Wer ist wir?“, erkundige ich mich. Neulich wollte sie noch ein Pferd.

„Du“, sagt sie, „und ich und Lotta und Max und Mama.“ Das ist das Schöne an meiner Familie. Es ist immer einer da, der genau weiß, was ich will. Der Rest ist nicht Strategie, sondern Zufall. Zufällig kommt ein streunender Tunichtgut an einem niederrheinischen Bauernhof vorbei und trifft auf eine läufige Hofhündin, die so heiß ist wie ein Waffeleisen. Der Bauer passt nicht auf Madame auf, obwohl die Bäuerin ihm eingeschärft hat, auf Madame aufzupassen. Zufällig kauft Stella, meine Frau, vier Monate später im Raiffeisen-Markt Düsseldorf-Unterbach Schaffutter und entdeckt einen Zettel am Schwarzen Brett, der niedliche Schäferhundmixwelpen anpreist. Zufällig springt bei der Besichtigung derselben ein zartes Schäferhundmixwelpenmädchen genau auf Stella und niemand anderen zu. Die Kleine ist die Einzige mit einer zierlichen Figur, während ihre Brüder und Schwestern wie Fässer aussehen. Sie guckt derart süß aus der Wäsche, dass wir sie umgehend mitnehmen, auf den Namen Luna taufen und ohne Gesundheitsdiplom und Rassehundverbandzuchtpapierstempelbescheinigung ins Herz schließen. Ich höre die Bäuerin noch sagen: „Wenn Sie einen ruhigen Hund wollen, nehmen Sie den Rüden da drüben." Was für weise, weise Worte.

Aber was tun wir? Wir winken milde ab. Wer will schon einen ruhigen Hund. Pfff, ist ja lächerlich. Die ganze Familie ist lebhaft. Was sollen wir da mit einer vierbeinigen Schlaftablette?

Allein der Name Luna. Was fand ich den romantisch! Später, zu spät, wurde mir klar, dass geschätzte siebzig Prozent der weiblichen Hundepopulation so heißen. Der Rest heißt Emma, Paula oder, wenn die Pfoten eine andere Farbe haben, Socke. Deswegen werde ich Luna aber noch lange nicht in Gertrud umbenennen. Es war eine Heidenarbeit, diesem Hund den Namen Luna ins Hirn zu pflanzen. Selbst auf die Gefahr hin, dass immer gleich drei angerannt kommen, brülle ich Luna über die Hundewiese. Oder Luni, wenn ich sie besonders liebhabe. Oder Ichglaubichspinneverdammtehackenochmal. Letzteres kommt öfters vor und ist ihrem bemerkenswerten Charakter geschuldet. Womit ich bei ihrem Kampfnamen angelangt wäre: Krawallmaus.

Heute, etliche Trockenfuttersäcke klüger und um ein paar Hundert peinliche Vorfälle reicher, schwöre ich beim Lieblingsknochen meiner Großmutter, dass ich nicht noch einmal auf diese Weise einen Hund auswählen werde. Ich werde mich im Vorfeld mit Rassen, Verhaltensweisen und Naturellen vertraut machen, konsequent aussortieren, was eine genetisch bedingte Veranlagung oder übermäßige Neigung zu Hasenjagd, Ressourcenverteidigung, Hüteverhalten, Dominanz, Leinenaggression, Katzenallergie, Rumrüpeln, Kurvenkotzen und Bistrotischumreißen aufweist – und mich dann gut beraten für ein Modell von Steiff entscheiden!

So weit, so gut. Wir haben jetzt aber nicht Steiff.

Wir haben Krawallmaus.

Auf Regen folgt Sonnenschein.

SPRICHWORT

KERSTIN GIER

Das geheimnisvolle Wetterphänomen

oder warum es immer genau dort regnet, wo ich Urlaub mache

Meine Schwester ist nicht nur mit der besonderen Gabe gesegnet, die Schweiz riechen zu können, sie ist auch mit einem rätselhaften Zauber belegt, der bewirkt, dass es überall dort, wo sie Urlaub macht, einfach großartig ist. Jedenfalls, solange meine Schwester sich dort aufhält. Wenn ich eine Woche später an genau demselben Ort aufkreuze, findet dort garantiert ein Jahrhundertunwetter und/oder ein Militärputsch statt. Ich kann mir das nur so erklären, dass meine Eltern zur Taufe meiner Schwester alle Feen des Landes zu einem rauschenden Festessen von goldenen Tellern eingeladen haben, zu meiner Taufe hingegen nur die Verwandtschaft.

Wahrscheinlich ist dann zu vorgerückter Stunde und nach etlichen Verdauungsschnäpschen Tante Karla als meine Patin an meine Wiege getreten.

„Mögen diesem Kind auf Reisen ebenso viele Missgeschicke widerfahren wie mir!", wird sie genuschelt haben, und eine kleine Fee, die sich in den Vorhangfalten versteckt gehalten hatte, wird ihren Sternenstab gezückt und prompt mein Schicksal besiegelt haben.

Wenn ich im Mai nach Mallorca fliege, gibt es dort Wolkenbrüche und Hagelstürme, während zu Hause liebliches Frühlingswetter herrscht. Fliegt meine Schwester nach Mallorca, ist es genau umgekehrt.

Egal, wo ich auch hinkomme: Zu Hause ist das Wetter in meiner Abwesenheit immer wunderbar, vor Ort hingegen ist es scheußlich oder, wie die Einheimischen dann immer sagen, „ganz untypisch für diese Jahreszeit".

Das Gleiche gilt auch für das Feriendomizil. Während unsereins da schon mal Pech hat und sich das „idyllisch gelegene Natursteinhaus" als krümelige Bruchbude abseits jeglicher Zivilisation entpuppt und der „gepflegte Pool" als aufblasbares Planschbecken, logiert meine Schwester stets in Häusern, die ihre kühnsten Erwartungen in Sachen Lage, Ausstattung und Ästhetik sogar noch übertreffen.

Und ein Schnäppchen macht sie dabei auch immer noch.

Während ich krampfhaft versuche, meine Urlaubsziele so auszuwählen, dass ich von Tornados, Terroristen, Erdbeben, Bürgerkriegen, Vulkanausbrüchen und Vogelgrippe verschont bleibe, muss meine Schwester sich darüber gar keine Gedanken machen: Solange sie am Urlaubsort weilt, gibt es so etwas dort ganz sicher nicht und auch keine Reaktorunfälle, Wasserknappheit, Lawinenabgänge, Salmonellenvergiftungen und Überschwemmungen.

Selbst Amokläufer warten, bis meine Schwester wieder abgereist ist.

Die rätselhafte Magie meiner Schwester ist glücklicherweise stärker als jeder Fluch: Wenn es irgendwie möglich ist, versuchen wir, unsere Urlaubsplanung der meiner Schwester anzugleichen. Ich fühle mich einfach viel sicherer, wenn sie dabei ist: Eine Seilbahn, in der meine Schwester sitzt, stürzt nicht ab!

Natürlich ist dieses Phänomen nicht unbemerkt geblieben. Nicht nur wir, auch andere möchten davon profitieren: Insa hat meiner Schwester sogar einen Preisnachlass von fünfzig Prozent sowie dreißig Gratis-Kugelschreiber angeboten, wenn sie mit ihr nach Indien kommt. Und die Busreise nach Idar-Oberstein bekäme sie sogar umsonst.

Auch die Geheimdienste haben meine Schwester längst im Visier: Unentwegt bekommt sie anonym Hochglanzprospekte aus aller Welt zugeschickt, die Regierungen von den Philippinen, Pakistan und Nordkorea haben ihr sogar ganz offiziell Einladungen zu Gratis-Ferien gesandt.

Ich hingegen erhielt vorgestern Post aus Peking: „Liebe Frau Gier, wir bitten Sie herzlich, während der Olympischen Sommerspiele 2008 von einem Aufenthalt in unserem Land Abstand zu nehmen. Achtung: Dieser Brief vernichtet sich nach fünf Sekunden von allein."

Gut, dass ich für den Sommer 2008 schon andere Pläne habe. Vielleicht wird aber meine Schwester zu den Olympischen Spielen reisen. Heute jedenfalls wurde ihr eine schöne Vase aus der Ming-Dynastie geliefert, mit den besten Grüßen aus Peking.

Die Welt sehen in einem Körnchen Sand,
den Himmel in einem Blütenrund,
die Unendlichkeit halten in der Hand,
die Ewigkeit in einer Stund.

WILLIAM BLAKE

RAFIK SCHAMI

Am Meer

Wir waren eine Woche bei meinem Onkel in Beirut. Eine wunderschöne Stadt. Ich liebe das Meer. Meine Mutter hat fürchterliche Angst davor. Sie verbot mir, ans Wasser zu gehen, aber das Haus meines Onkels war so nahe, und das Meer ist eine einzige Verlockung.

Als ich das erste Mal vom Strand zurückkam, schrie mich meine Mutter an, weil ich sie angeflunkert hatte, ich sei im Park gewesen. Mein sonnenverbranntes Gesicht hatte mich verraten, und so gab es keinen Nachtisch für mich. Am nächsten Tag zog es mich wieder zum Meer, aber ich blieb im Schatten. Als ich zurückkam und fröhlich vom Park erzählte, befahl meine Mutter: „Zieh deine Schuhe aus“, und sie klopfte den Sand heraus. Ich verlor meinen zweiten Nachtisch. In der Nacht beschloss ich, nicht mehr zum Meer zu gehen, aber als ich am nächsten Morgen aufwachte, hörte ich das Rauschen der Wellen und eilte wieder hinaus. Diesmal beschloss ich, meine Mutter zu überlisten. Ich spielte im

Wasser und rannte immer wieder in den Schatten. Bevor ich das Haus meines Onkels betrat, klopfte ich meine Schuhe so lange, bis kein Körnchen Sand mehr drin war, und ging mit einem Lächeln hinein.

„Was für ein schöner Park“, rief ich meiner Mutter herausfordernd zu. Sie schaute mich prüfend an und ich schwärmte noch mehr von der Schönheit des Gartens. Ich lachte innerlich, als sie meine Schuhe ausklopfte. Da sagte sie: „Komm her!“ Sie nahm meinen Arm und leckte daran. „Du warst am Meer. Nur Meersalz schmeckt so!“ Aber merkwürdigerweise gab sie mir an jenem Tag eine doppelte Portion Vanilleeis.

Die Natur ist
das einzige Buch,
das auf allen Blättern
großen Gehalt bietet.

JOHANN WOLFGANG VON GOETHE

AJAHN BRAHM

Was Weisheit ist

Als Student verbrachte ich den größten Teil meiner Sommerferien in den Highlands von Schottland. Ich wanderte, zeltete und genoss die Ruhe, die Schönheit und den Frieden der zauberhaften schottischen Berglandschaft.

An einem denkwürdigen Nachmittag schlenderte ich eine schmale Straße am Meer entlang. Die Straße wand sich über eine felsige Landzunge und führte zu den schmalen Buchten im fernen Norden. Sonnenstrahlen tauchten die außerordentliche Schönheit der Landschaft um mich herum in ein besonders warmes Licht. Das samtige, frische Grün der Wiesen leuchtete, die Klippen wirkten wie gemeißelte Kathedralen, die sich hoch über das sprudelnde Meer erhoben, in dessen blaue Farbe kurz vor Sonnenuntergang leuchtende Lichterketten eingewoben waren. Die kleinen grünen und braunen Felseninseln schienen bis zum Horizont auf den Wellen zu reiten. Sogar die Möwen und Seeschwalben kreisten und glitten durch die Luft, als ob auch sie den Zauber der Stunde genossen. An diesem sonnigen Tag zeigte sich die Natur in einer der malerischsten Landschaften unserer Welt von ihrer besten Seite.

Trotz meines schweren Rucksacks hüpfte ich vor Begeisterung die Straße entlang. Ich war wunschlos glücklich, hatte keine Sorgen und fühlte mich von der Schöpfung verwöhnt und inspiriert.

Vor mir sah ich ein kleines Auto, das am Wegrand neben der Klippe angehalten hatte. Natürlich stellte ich mir vor, dass auch der Fahrer des Wagens so von der Schönheit dieses Tages überwältigt war, dass er angehalten hatte, um diesen Anblick bis zur Neige auszukosten.

Als ich mich dem Wagen so weit genähert hatte, dass ich durch die Rückscheibe sehen konnte, war ich enttäuscht und bestürzt.

Der einzige Insasse dieses Wagens, ein Mann mittleren Alters, las eine Zeitung. Das Blatt war so groß, dass es den ganzen Blick auf die Welt um ihn herum blockierte. Also sah dieser Mann anstatt Meer, Inseln, Klippen, Himmel und Wiesen nur Kriege, Politik, Skandale und Sport. Die Zeitung war zwar sehr groß, hatte aber hauchdünne Seiten. Nur ein paar Millimeter jenseits der hässlichen Druckerschwärze breitete sich die regenbogenfarbige Hochstimmung der Natur aus. Mir kam der Gedanke, eine Schere aus dem Rucksack zu ziehen und dem Mann ein kleines Loch in die Zeitung zu schnippeln, damit er eine Ahnung davon erhielt, was er verpasste, während er sich mit den Börsennachrichten abgab. Aber er war ein äußerst kräftig gebauter Schotte und ich ein magerer, unterernährter Student. Also ließ ich ihn die Nachrichten der Welt verschlingen, während ich in sie hineintanzte.

Unser Geist beschäftigt sich den meisten Teil der Zeit mit dem Stoff, aus dem Zeitungen gemacht werden: Beziehungskrisen, Innenpolitik im familiären und beruflichen Bereich, persönliche Skandale, die uns entsetzlich aufregen und die sportliche Betätigung im Bett. Wenn es uns nicht gelingt, diese „innere Zeitung“ gelegentlich wegzulegen, wenn wir von ihren Nachrichten so besessen sind, dass wir uns um nichts anderes mehr kümmern – ja, dann wird uns die unverdorbene Freude und die Stille der Natur in ihrer schönsten Form immer verborgen bleiben. Dann werden wir nie weise werden.

Eigentlich ist die Welt ein Traum unserer Seele.

MIHAI EMINESCU

ANNETTE VON DROSTE-HÜLSHOFF

Ledwina

Ledwina blickte lüstern durch die Scheiben, das graue Silberlicht lag wie ein feenhaftes Geheimnis auf der Landschaft, und dünne, matte Schimmer wogten über die Gräser und Kräuter wie feine Fäden, als bleichten die Elfen ihre duftigen Schleier. Am Flusse war die Luft ganz still, denn die Weiden standen wie versteint, und kein Hauch bog die gesträubten Haare, aber in der Ferne schüttelten sich die Pappeln und hielten dem Mondlicht die weißen Flächen entgegen, dass sie schimmerten wie die silbernen Alleen in Träumen und Märchen. Ledwina sah und sah, und ihr Fuß wurzelte immer fester an der lockenden Stelle, und bald stand sie, halb unwillkürlich, halb mit leisen Vorwürfen, in ein dichtes Tuch gehüllt am offenen Fenster. Sie schauderte linde zusammen vor der sehr frischen Luft und der geisterhaften Szene. Ihre Blicke fielen auf das klare Licht über sich und das sanfte Licht unter sich im Strome, dann auf den finsteren lauernden Hintergrund, und das Ganze kam ihr vor wie der stolze und wilde Seegruß zweier erleuchteter Fürstengondeln, indes das Volk gepresst und wogend in der Ferne steht und sein dumpfes Gemurmel über das Wasser hallt.

Zu Fuß und fröhlichen Herzens
schlage ich die freie Straße ein.

WALT WHITMAN

JOSEPH VON EICHENDORFF

Aus dem Leben eines Taugenichts

Das Rad an meines Vaters Mühle brauste und rauschte schon wieder recht lustig, der Schnee tröpfelte emsig vom Dache, die Sperlinge zwitscherten und tummelten sich dazwischen; ich saß auf der Türschwelle und wischte mir den Schlaf aus den Augen; mir war so recht wohl in dem warmen Sonnenscheine. Da trat der Vater aus dem Hause; er hatte schon seit Tagesanbruch in der Mühle rumort und die Schlafmütze schief auf dem Kopfe, der sagte zu mir: „Du Taugenichts! Da sonnst du dich schon wieder und dehnst und reckst dir die Knochen müde und lässt mich alle Arbeit allein tun. Ich kann dich hier nicht länger füttern. Der Frühling ist vor der Tür, geh auch einmal hinaus in die Welt und erwirb dir selber dein Brot." – „Nun", sagte ich, „wenn ich ein Taugenichts bin, so ists gut, so will ich in die Welt gehen und mein Glück machen." Und eigentlich war mir das recht lieb, denn es war mir kurz vorher selber eingefallen, auf Reisen zu gehen, da ich die Goldammer, welche im Herbst und Winter immer betrübt an unserm Fenster sang: „Bauer, miet mich, Bauer, miet mich!" nun in der schönen Frühlingszeit wieder ganz stolz und lustig vom Baume rufen hörte: „Bauer, behalt deinen Dienst!“ – Ich ging also in das Haus hinein und holte meine Geige, die ich recht artig spielte, von der Wand, mein Vater gab mir noch einige Groschen mit auf den Weg, und so schlenderte ich durch das lange Dorf hinaus. Ich hatte recht meine heimliche Freude, als ich da alle meine alten Bekannten und Kameraden rechts und links, wie gestern und vorgestern und immerdar, zur Arbeit hinausziehen, graben und pflügen sah, während ich so in die freie Welt hinausstrich. Ich rief den armen Leuten nach allen Seiten recht stolz und zufrieden Adjes zu, aber es kümmerte sich eben keiner sehr darum. Mir war es wie ein ewiger Sonntag im Gemüte. Und als ich endlich ins freie Feld hinauskam, da nahm ich meine liebe Geige vor und spielte und sang, auf der Landstraße fortgehend:

Wem Gott will rechte Gunst erweisen,
den schickt er in die weite Welt,
dem will er seine Wunder weisen
in Berg und Wald und Strom und Feld.

Die Trägen, die zu Hause liegen,
erquicket nicht das Morgenrot,
Sie wissen nur vom Kinderwiegen,
von Sorgen, Last und Not um Brot.

Die Bächlein von den Bergen springen,
die Lerchen schwirren hoch vor Lust,
was sollt ich nicht mit ihnen singen
aus voller Kehl und frischer Brust?

Den lieben Gott lass ich nur walten;
der Bächlein, Lerchen, Wald und Feld
und Erd und Himmel will erhalten,
hat auch mein Sach aufs best bestellt!

Ich möchte sagen, dass ich immer noch im und vom Sonnenschein meiner Kindheit lebe.

CHRISTIAN MORGENSTERN

DORA HELDT

Der perfekte Sommer

Ich gelte in meinem Freundeskreis als Reisemuffel. Das kommt daher, dass ich mich weigere, meinen Sommerurlaub woanders als auf Sylt zu verbringen. Es ist nicht so, dass ich es nicht schon versucht hätte, aber an der Algarve, auf Fuerteventura oder auf Sizilien habe ich nie das gefunden, womit ich aufgewachsen bin: dieses perfekte Sommergefühl. Das habe ich nur auf Sylt.

Wie fast alle Sylter hatte meine Großmutter früher in ihrem Haus, in dem heute übrigens meine Eltern leben, Zimmer vermietet. Für heutige Verhältnisse unvorstellbar, waren die hundert Quadratmeter Wohnfläche doch so aufgeteilt, dass zehn Feriengäste gleichzeitig mit uns ihre Ferien dort verbringen konnten. Meine Familie wohnte damals auf dem Festland, aber in den Ferien waren wir immer bei meiner Großmutter. Meine Eltern schliefen dann mit meiner jüngeren Schwester in einem Einzelzimmer, und mein Bruder und ich hatten ein Etagenbett im ehemaligen Kohlenschuppen. Das war ein winziger Raum, in den nur dieses eine Bett passte. Die Tür des Zimmerchens ging nach außen auf.

Bevor sich die Gäste morgens an uns vorbei zum Frühstücken ins Gartenhaus begaben, schloss meine Großmutter uns kurzerhand ein, aus Furcht, einer von uns könnte einem zahlenden Urlauber aus Versehen die Tür vor den Latz knallen. Ich wachte also jeden Morgen von dem Geräusch eines sich drehenden Schlüssels auf. Dann war es acht Uhr. Aber das war in Ordnung so. Wir fuhren schließlich nicht nach Sylt, um zu schlafen.

Der erste morgendliche Anblick war immer meine Mutter, die in der Küche zwischen drei laufenden Kaffeemaschinen saß und Brötchen schmierte. Massen an Brötchen. Die wurden übrigens beim Milchmann um die Ecke gekauft, damals gab es ihn noch. Er hieß Willy und kannte jeden Kunden mit Namen. Eine Zeit lang hatte er einen Brötchenbringdienst angeboten, doch der wurde nach kurzer Zeit wieder eingestellt, weil die freilaufenden Schafe die Brötchentüten vor den Haustüren klauten. Danach ging man wieder zu Willy in den Laden.

Zwischen dem Frühstücksdienst für die Gäste und der Tagesvorbereitung meiner Eltern entstand jeden Morgen eine leichte Hektik, in der meine Geschwister und ich uns bemühten, niemandem im Weg zu stehen. Am besten setzte man sich schon ins Auto, in das mein Vater die Taschen schob, die von meiner Mutter nach und nach auf die Straße gestellt wurden. Spätestens um halb neun fuhren wir los. Zum Strand. Jeden Tag, wenn das Wetter es halbwegs zuließ. Deshalb waren wir hier. Darüber gab es keine Diskussion.

Es war auch äußerst wichtig, dass man am Tag der Anreise, gleich nach dem Auspacken, sofort Richtung Ellenbogen fuhr. Das war einfach so, da gab es keine Ausnahme. Immerhin ging es um die beste Stelle am Strand. Um den Ort, an dem sich in den nächsten Wochen der Großteil unseres Lebens abspielen würde. Die Stelle musste perfekt sein. Berücksichtigt wurden die Strandbreite, also die Entfernung zum Flutsaum, die Anzahl der Sandbänke bei Ebbe, die Länge des Übergangs vom Parkplatz, die Sandbeschaffenheit, die Form der Dünen und das Vorhandensein von Buhnenresten. Wir haben selten länger als fünfzehn Minuten dafür gebraucht, was wohl an der Dichte dieser besten Stellen lag, aber auch an unserer Erfahrung.

Die Stelle wurde sofort mit irgendwelchem Strandgut markiert und danach wochenlang gegen Fremde verteidigt. Deshalb mussten wir auch immer um halb neun los. Damit wir die Ersten waren. Tag für Tag.

Natürlich waren wir nicht allein. Wir hatten durchaus etwas übrig für Geselligkeit, es waren schließlich Ferien. Wir waren elf Kinder und vierzehn Erwachsene. Neben meinen Eltern, meinen Geschwistern und mir, traf sich auch der Rest der Sylter Familie an der perfekten Stelle: nämlich meine Tante, mein Onkel, meine beiden Cousinen, die Hamburger Feriengäste meiner Tante (zwei Erwachsene, zwei Kinder), die Sylter Freunde meiner Tante (zwei Erwachsene, drei Kinder) und deren Dortmunder Gäste (zwei Erwachsene, ein Kind) und weitere Freunde (zwei Erwachsene, manchmal ein Hund).

Alle sammelten sich etwa zeitgleich auf dem Parkplatz an der perfekten Stelle. Wir Kinder standen in einer Reihe und wurden mit den leichteren Taschen, Schwimmringen und Bademänteln behängt. Die Erwachsenen teilten die schweren Säcke mit Windschutzplanen, Stangen, Heringen und Werkzeug, die Kühltaschen (pro Familie zwei plus eine für Getränke), die Badetaschen (deren Gewicht ich mir auch nach all den Jahren nicht erklären kann) und die Sachen, die kaputtgehen konnten (Sonnenbrillen, Fotoapparate und Super-8-Kamera), unter sich auf. Dann zogen wir in einer Karawane über die Dünen. Eine endlose Schlange, in der das eine oder andere Kind sich schon mal vor lauter Erschöpfung im weichen Sand zur Seite kippen ließ. Man blieb aber nur einen kleinen Moment liegen. Wenn der letzte Erwachsene mit dem knappen Satz „Wir holen dich heute Abend dann wieder hier ab“ über einen hinweggestiegen war, war die Aussicht auf den Sprung ins kalte Wasser doch größer als die Unlust, die immer schwerer werdenden Taschen durch den Sand zu schleppen.

An der perfekten Stelle angekommen blieben wir Kinder in angemessenem Abstand im Sand sitzen, während die Väter generalstabsmäßig die Stangen, Heringe, Seile und Windschutzplanen in Reihe brachten. Unterbrochen von Anweisungen wie: „Also, wenn du das weiter so blöde hältst, sind wir heute Abend noch nicht fertig“, oder: „Der Wind kommt von der anderen Seite, die erste Stange kommt da vorn hin“, oder: „Nimm den Fuß weg, da soll der Hering rein“, wurde ein Areal abgesteckt, in dem anschließend zehn Decken, zwanzig Handtücher, Unmengen von Taschen und Strandspielzeugen verteilt wurden. Schaufeln mussten wegen der Verletzungsgefahr draußen bleiben. Die Aufbauzeit reduzierte sich im Laufe des Sommers von fünfundvierzig auf zwanzig Minuten. Alles Übungssache.

Und dann begann der Strandtag. Wir hatten genug Programm, es war nie langweilig. Wir sammelten Steine, aus denen abends Männchen geklebt wurden, Seesterne, die dann auf den Fensterbänken trockneten und nicht besonders gut rochen. Die älteren Kinder schwammen bis zu den Sandbänken, wo wir auf Schollen traten und später den immer länger gewordenen Weg zum Strand zurück mussten. Zwischendurch wurde man mit Sonnemilch aus gelben Flaschen eingerieben, spuckte die Kerne von Wassermelonen in den Sand und wischte mit Handtüchern Eier und Brötchen sauber, weil immer mindestens eine Kühltasche umkippte.

Burgen bauen war eine der Hauptbeschäftigungen. Neben den normalen Strandburgen der kleinen Kinder gab es auch architektonische Wunderwerke der Größeren, die aber nie richtig gewürdigt wurden.

„Mama, Petra hat meine Küchenwand eingetreten."

„Kind, geh doch außen rum."

„NEIN. Das ist ein Wintergarten."

Die Erwachsenen sammelten Strandgut und errichteten damit einen Holzverschlag, auf den meine Tante später gelbe Tintenfische und rote Fische malte. Als sie auch noch zwei Sonnenschirme aufstellte, sah es aus wie eine kubanische

Strandbar, einige Strandbesucher wollten bei uns Getränke kaufen, sie bekamen sie umsonst. Wir hatten ja so viel dabei. Während mein Bruder aus den übrig gebliebenen Heringen und Seilen eine Hochsprunganlage baute, an der er den Fosbury-Flop übte, die Dortmunder anfingen, den diesjährigen Rekord im Beachball aufzustellen, meine Cousine und ich in Jeans baden gingen (in der „Bravo“ hatte gestanden, dass sie dann besser sitzen), meine Schwester von den Hamburgern eingegraben wurde („Nur bis zum Hals, hört ihr, sie soll noch Luft kriegen“) und meine kleine Cousine mit ihren Sylter Freunden alle Bademantelgürtel verknotete, lagen die Erwachsenen hinter dem Windschutz, lasen Zeitungen, lachten, sonnten sich und hoben erst den Kopf, wenn ein Kind so heulte, als ob tatsächlich etwas passiert wäre. Es passierte aber nie etwas Schlimmes, wenn man von Sand in den Augen, versehentliche Treffer beim Quallenweitwurf oder kleinere Handgemenge wegen eingetretener Wände absah. Alle halbe Stunde wurden Kühltaschen geöffnet und Essen verteilt, man wollte ja abends nichts Schweres zurückschleppen. Ab mittags tranken die Erwachsenen Korn-Sauer (Korn mit Bitterlemon), die Stimmung wurde immer fröhlicher, trotzdem vernachlässigte niemand seine Aufsichtspflicht. Onkel Paul blieb nüchtern und erklärte sich bereit, auf die kleinen Kinder aufzupassen, die baden wollten. Er lief am Strand auf und ab und zählte ständig die orangefarbenen Schwimmflügelpaare durch, die in den Wellen tanzten. Er war übrigens der einzige Nichtschwimmer. Ging aber immer gut.

An manchen Tagen sah das Wetter morgens so schlecht aus, dass andere Pläne gemacht wurden. Wir sind in Regenjacken über die Wanderdüne marschiert, haben am Morsumer Kliff Mauersegler beobachtet und ein tagelang am Strand gebautes Modellflugzeug fliegen lassen (nach drei Metern am Kliff zerschellt), haben am Bahndamm die Farben der Autos auf dem Autozug gezählt (damals gab es tatsächlich nicht nur große schwarze Autos, sondern auch noch kleine bunte), sind nacheinander die eingegrabenen Stufen am Roten Kliff in Kampen hinuntergeklettert und haben bei diversen Kinderfesten Preise abgeräumt. Meine Schwester wurde tatsächlich Kurkönigin in ihrer Altersklasse. Mit sieben. Da war das auch einfach. Ich wurde nur Dritte beim Fischestechen. Manchmal sahen wir „Dumbo, der fliegende Elefant" im Lister Urwaldkino oder kauften Krabben auf dem Kutter, die wir dann im Gartenhaus meiner Tante stundenlang pulten. Aber egal, wo wir gerade waren und was wir taten, sobald der Himmel aufriss und die Sonne kam, ließen wir alles stehen und liegen, fuhren in einer affenartigen Geschwindigkeit nach Hause, packten unsere Sachen und kamen alle zeitgleich und aufgeregt am Parkplatz vor der perfekten Stelle an. Ohne Absprache. Aber deshalb waren wir ja hier. Das war Sommer.

In den letzten Jahren hat sich viel verändert. Es werden keine Strandburgen mehr gebaut, der altmodische Windschutz ist kaum noch zu sehen, das Urwaldkino ist geschlossen. Die Insel wird jedes Jahr voller, die Restaurants teurer und die Hotels größer. Wir Kinder von damals brauchen keine

Schwimmflügel mehr, und meine Schwester wird seit Jahren nicht mehr eingegraben. Aber in jedem Sommer geht es wieder los. Die Suche nach der perfekten Stelle. Und wir finden sie jedes Jahr wieder. In höchstens fünfzehn Minuten. Und dann ist Sommer.

Die beste Methode, das Leben angenehm zu verbringen, ist, guten Kaffee zu trinken.

JONATHAN SWIFT

MILENA MOSER

Ode ans Kaffeehaus

Samstagmorgen kurz nach neun, die Schlange vor dem Kaffeetresen des Atlas Café zieht sich zur Tür hinaus und bis um die Ecke. Junge Frauen in zu großen Pyjamahosen und Plüschpantoffeln mit Hasenohren. Ältere Damen mit lila Locken und Wanderschuhen. Radkuriere mit künstlichen Dreadlocks und Beinen aus Stahl, Jogger, Hundebesitzer, Wichtigtuer, ein Mann mit fahrbarem Sauerstoffgerät. Ich stelle mich hinten an, den Computer unter den Arm geklemmt. Gerade habe ich meinen Sohn im Fechtkurs abgesetzt, eineinhalb Stunden liegen vor mir und eine unfertige Geschichte. Die Schlange bewegt sich nur langsam, die Bestellungen sind kompliziert und die Baristas, wie die Kaffeeausschenker genannt werden, so verlangsamt und gelangweilt, wie sich das für das Personal von Szenecafés auf der ganzen Welt gehört.

Ich behalte die kleinen Tische im Lokal im Auge, als könnte ich mit hypnotischem Blick einen für mich reservieren, ganz hinten an der Wand. Es ist sonnig, der kleine Hinterhof schon voll besetzt. Zum Glück wollen die meisten Kunden

ihren Kaffee im Pappbecher „to go“, gleich wieder mit nach Hause nehmen und im Bett durch die kleine schnabelartige Öffnung im Plastikdeckel schlürfen. Sagte ich Kaffee? Das war ein Versehen. Kaffee bestellt hier niemand, sondern mysteriöse Mixturen wie „half-caf/decaf“ oder einen doppelten „nassen“ Cappucino oder gar einen Latte mit fettfreier Sojamilch und Schlagsahne oben drauf. Ein Ausdruck von innerer Zerrissenheit, der mich länger beschäftigen wird. Als ich an die Reihe komme, sage ich fantasievoll wie immer: „Einen doppelten Espresso bitte, und ein Himbeer-Scone.“
„Einen was? Doppelten was?“, näselt die junge Barista an ihrem Nasenring vorbei, doch irgendwas in meinem Blick hält sie davon ab, mir einen Vortrag über die gesundheitlichen Risiken übersteigerten Koffeinkonsums zu halten. Statt dessen wendet sie sich wieder an den tassenspülenden Mexikaner, der sich ihre Auflistung von Dingen, die sie im Verlauf des gestrigen Abends zu sich genommen hat, geduldig anhört.
Endlich bin ich an meinem Tisch, ganz hinten in der Ecke, Blick über das ganze Lokal, ich esse erst einmal mein Scone, kippe den Kaffee und lasse mir die Tasse wieder füllen: „Noch einen?“, näselt das Fräulein, jetzt beinahe bewundernd, „wow, du kannst aber was vertragen!“ Ich wische die Krümel vom Tisch, bevor ich meinen Computer aufklappe. Das ist mein Arbeitszimmer, samstags von neun bis halb elf, während mein Sohn um die Ecke den Säbel schwingt, oder wie immer das Ding heißt. Wochentags klappe ich mein

Büro entweder im „Dolores Park“ in der Nähe der Schule auf, oder im „Farley's“ bei mir um die Ecke. Doch das „Dolores Park“ bietet kabellose Internetverbindung an, was bei mir sofort zu endlosem E-Mail-Geschnatter führt, und im „Farley's“ liegen die (in „Sofa ,Yoga, Mord“ verewigten) Gästetagebücher auf den Tischen, deren endlosen seifenopernartigen Geständnissen ich nie widerstehen kann. Außerdem ist der Besitzer, der drahtige Roger, ein Exfreund meiner Freundin Alice. Jedesmal, wenn er mich sieht, erkundigt er sich nach ihr, so in dem Ton „ist sie etwa schon wieder schwanger oder einfach nur dick geworden?“

Im Atlas gibt es nichts dergleichen, nur eine eklektische Mischung von Menschen, die mich jedesmal von Neuem entzückt. In Zürich zum Beispiel würde sie automatisch vorsortiert: die aufstrebenden jungen Fernsehproduzenten bleiben hübsch unter sich, die trotzigen jungen Lesben mit ihren halbrasierten Köpfen hätten ihr eigenes Lokal, ebenso wie die befreiten Großmütter in ihren selbstbemalten Seidentuniken und die Yogasüchtigen mit ihren zusammengerollten Matten. Selbst die Obdachlosen und ihre Hunde würden einen eigens für sie eingerichteten Treffpunkt aufsuchen müssen. Aber hier in San Francisco teilen sie sich alle dasselbe szenige Café und dieselbe schnoddrige Bedienung – das liebe ich an dieser Stadt. Selbst Touristen trauen sich, am Tisch die Straßenkarte aufzufalten, ohne sich bloßgestellt zu fühlen. Und natürlich bin ich nicht die einzige, die hier in die Tastatur haut: Schreiben im Kaffeehaus hat in San Francisco Tradition. Die Beat-Poeten trafen sich jeweils

im Caffe Trieste im Italienerviertel North Beach, wo sich zwar weit und breit kein Strand befindet, dafür die berühmte City Lights Buchhandlung, die den erst mal verbotenen Roman „On the Road“ veröffentlichte und vertrieb und deren Besitzer sich dafür vor Gericht verantworten mussten. Da traf sich, wer einen Bleistift halten konnte, zu Endlos-Lesungen und Diskussionen, die dann im Caffe Trieste fortgeführt wurden, bis die Kaffeebohnen ausgingen. Es heißt, San Franciscos Beitrag zur Beatliteratur sei ausschließlich an diesen kleinen runden Tischen entstanden, an denen heute noch furios und fiebrig in schwarze Notizbücher gekritzelt (seltener auf Laptoptastaturen eingetrommelt) wird.
In San Francisco gibt es an jeder Ecke Kaffeehäuser – Kaffee ist eines der letzten Laster, die sich gesundheitsbewusste Nordkalifornier noch gönnen, gleich literweise schlürfen sie die absurden, klebrig-süßen Mischgetränke, die manchmal auch „candy bar in a cup“ genannt werden und leicht eine Mahlzeit ersetzen können. Die mit Kreide auf eine Schiefertafel hinter der Theke gemalte Karte füllt meist gleich die ganze Wand: Kaffee wird mit heißer Schokolade gemischt oder mit einem Schuss Caramel- oder Vanillesirup versetzt, mit Eis und Schlagsahne aufgepeppt, mit Zimt und Zucker bestreut. Jedes Viertel hat seine Nachbarschaftscafés, kleine, schräge, mit Flohmarktsofas möblierte Lokale, die sich tapfer gegen die verpönten mit dem grünen Signet behaupten, und in denen sich Pensionäre, Studenten und Ladenbesitzer treffen. Auf windschiefen Bänken vor der Tür unterhalten sich Raucher mit Hundehaltern und überall sitzen auch

angehende oder etablierte Schriftsteller, Drehbuchautoren und Dichter an den Tischen. Manche haben zur Betonung ihrer Ernsthaftigkeit einen Wall aus Büchern um sich herum gebaut. Bitte nicht stören, hier arbeitet jemand, der Proust liest! Aber hallo, im Original! In dieser emsigen Atmosphäre fühle ich mich sozusagen zur Produktivität verpflichtet, ich hacke in die Tastatur als hinge mein Leben davon ab. Zuhause hätte ich schon längst die Zeitung aufgefaltet oder die Post geöffnet, das Telefon abgenommen, ach was, ich wäre aufgestanden, hätte das Frühstücksgeschirr abgewaschen und den Weg zurück zum Schreibtisch nie mehr gefunden. Doch hier gönne ich nicht mal meinen Tippfingern (zwei an jeder Hand) eine Pause. Die zugegeben leicht pubertäre Überzeugung, beobachtet zu werden, hält mich bei der Sache. Kaum halte ich einen Augenblick inne, meine ich die anderen Gäste kopfschüttelnd zueinander sagen zu hören: „Nun schau dir mal die an, in der Ecke da, die schreibt doch gar nicht!" Und schon bin ich so drin in meiner Geschichte, dass ich die Zeit vergesse. Mein Sohn steht schon an der Ecke, in seinen zu großen und nicht mehr ganz sauberen Fechthosen, den Helm unter den Arm geklemmt, als ich angekeucht komme, die Computerkabel hinter mir herschleifend.
„Ich hab Hunger", sagt er, „ich hab Durst, krieg ich eine heiße Schokolade?" Und schon stehen wir wieder in der Schlange vor dem Atlas Café.

Nicht der Geist, das Herz macht frei.

CARL LUDWIG BÖRNE

AJAHN BRAHM

Der Tag, an dem alle meine Wünsche erfüllt wurden

Bei uns Buddhisten dürfen Mönche Geld weder annehmen, noch besitzen oder ausgeben. Wir sind so arm, dass wir die Regierungs-Statistiken durcheinanderbringen.

Wir leben bescheiden von den Spenden, die uns unsere Anhänger zukommen lassen, aber es kann gelegentlich vorkommen, dass uns etwas Besonderes angeboten wird.

Nachdem ich einmal einem Thai bei einem persönlichen Problem aus der Patsche geholfen hatte, wollte er mir aus Dankbarkeit etwas geben: „Sir, was kann ich Ihnen für Ihren privaten Gebrauch im Wert von etwa fünfhundert Baht schenken?“ Es ist üblich, bei einem solchen Angebot den Preis zu nennen, um Missverständnissen vorzubeugen. Da mir spontan nichts einfiel und der Mann es eilig hatte, einigten wir uns darauf, dass ich es ihm am nächsten Tag sagen würde.

Vor diesem Gespräch war ich ein glücklicher kleiner Mönch gewesen. Jetzt begann ich darüber nachzudenken, was ich mir wünschte. Ich machte mir eine Liste. Sie wurde immer länger. Bald reichten die fünfhundert Baht längst nicht mehr aus. Aber es fiel mir schwer, etwas von der Liste zu streichen. Bedürfnisse waren aus dem Nichts aufgetaucht und hatten sich in absolute Notwendigkeiten verwandelt. Die Liste wurde immer länger. Jetzt hätten sogar fünftausend Baht nicht ausgereicht!

Erschrocken warf ich meine Wunschliste weg.

Am nächsten Tag bat ich meinen Wohltäter, die fünfhundert Baht dem Kloster für Bauvorhaben zu geben oder sie einer anderen wohltätigen Organisation zu spenden. Ich wollte damit nichts zu tun haben. Ich wollte unbedingt wieder die kostbare Zufriedenheit zurückgewinnen, die ich vor diesem Angebot gehabt hatte. Ich erkannte, dass ich nur dann wunschlos glücklich war, wenn ich weder Geld noch andere Mittel zur Verfügung hatte, um etwas zu erstehen.

Wünsche sind endlos. Sogar eine Milliarde Baht oder eine Milliarde Dollar reichen nicht aus. Man ist nur dann frei, wenn man nichts mehr braucht. Man hat erst dann genug, wenn man zufrieden ist.

Die Wohnstatt der Musik ist der Himmel.

YÂJNAVALKYA

HERBERT ROSENDORFER

Eine Begegnung im Park

Alles ist relativ. Nach einer Aufführung des ‚Parsifal' im Festspielhaus erscheint der Park hinter dem Schloss besonders ruhig, obwohl da und so spät noch eine Menge Geräusche zu hören sind: das Gurgeln des Wassers, das Schnattern einer verschlafenen Ente, das Rauschen der hohen Bäume im leichten Sommerwind und hie und da Schritte auf dem Kies im Dunkeln. Die Schritte wurden allerdings zunehmend seltener. Ich war schon allein im Park, als ein Mann neben meiner Bank stand, offenbar unschlüssig, ob er mich ansprechen sollte oder nicht.

„Kein Platz in keinem Gasthaus", sagte er dann endlich, ziemlich beiläufig, nachdem er schon zu lange vor der Bank, auf der ich saß, gestanden war, um noch ohne ein Wort weiterzugehen. Er sprach mit österreichischem Akzent.

Ich rückte auf meiner Bank etwas zur Seite, um anzudeuten, dass es mir nicht unangenehm sei, wenn er sich setze.

„Kein einziger Stuhl frei, in ganz Bayreuth nicht", sagte er und setzte sich. Er war, wie man so sagt, untersetzt und ein klein wenig füllig – deutlich körperhaft, um höflich zu bleiben. Ein Schwan zog auf dem leicht bewegten Wasser vorbei, kostbar weiß im Mondlicht, und schaukelte auf den kleinen Wellen wie die welken Blätter, die auf dem Wasser lagen.

„Jaja", sagte ich, „das ist hier so zur Festspielzeit. Ich habe schon Knappertsbusch in der ‚Eule' mit einem umgedrehten Kübel als Sitzgelegenheit vorliebnehmen sehen."

„Wen, bitte?", fragte er.

„Knappertsbusch."

„Ah, so." Ich hatte den Eindruck, er kannte Knappertsbusch nicht.

„Sie sind zum ersten Mal in Bayreuth?", fragte ich nach einer Weile.

„Ja", sagte er. „Es ist schon ein sehr eigenartiger Eindruck."

„Das kann man wohl sagen."

„Ich möchte ja nicht unbedingt etwas sagen, ich weiß nicht, ob ich legitimiert dafür bin, aber es war schon ein eher merkwürdiger Eindruck für mich."

„Sie sind kein Wagnerianer?"

„Kein was nicht?"

„Wagnerianer – einer von den Anhängern Wagners…"

„Wagner", sagte er, „das ist der, der die Oper von heut Abend geschrieben hat?"

Ich staunte den Mann an. Er war jung, so Mitte dreißig, hatte eine ziemlich große Nase, und diese Nase kam mir irgendwie bekannt vor. Irgendwo, da war ich mir ganz sicher, hatte ich diese Nase schon gesehen. Eine verwischte Assoziation, so verwischt, dass ich sie nicht fassen konnte, huschte in meinem Gedächtnis ganz hinter vorüber…

Leibhaftig hatte ich dem Mann aber sicherlich nie gegenüber gesessen.

„Ja“, sagte ich etwas verwirrt, „natürlich – Richard Wagner.“

„Und da gibt es“, sagte er, „auch Wagnerianer?“

Ich lachte. „Leben Sie hinter dem Mond?“

Er schaute mich ernst an. Nein, ich lasse es mir nicht nehmen, dachte ich, dieses Gesicht kenne ich.

„Ja“, sagte er langsam, „ja, ich lebe hinter dem Mond, wenn man so sagen will.“

„Verzeihen Sie meine Bemerkung – ich wollte Sie nicht kränken. Ich wusste nicht, dass Sie von so weit her kommen.“

„Ich komme von weit her, das stimmt“, sagte er, „deswegen ist das alles so merkwürdig für mich.“

Er ist ein emigrierter Österreicher, dachte ich, wahrscheinlich 1938 als Kind mit seinen Eltern vor den Nazis geflohen, nach Australien vielleicht oder Neuseeland. Aber woher kenne ich dann sein Gesicht?

„Sind die Leute“, sagte er, „eigentlich glücklich, wenn sie das hören, diese Oper heute Abend? Ich möchte nicht unhöflich sein, wissen Sie, ich sage nichts dagegen, es steht mir ja gar nicht zu, und es interessiert mich nur – aus Profession …“

„Sie sind Musiker?“

„Sind die Leute glücklich dabei? Hören sie das gern?“

Meine Frage, ob er Musiker sei, hatte er absichtlich überhört. Was war der Mann? Der Mond war zwischen den Ästen durchgekommen und beleuchtete unsere Bank. Der Mann war jung und uralt zugleich. Unsinn – vielleicht war er nur müde …

Kein Wunder nach dem ‚Parsifal‘, und im Mondlicht sieht ohnedies jeder bleich aus.

„Eine eigenartige Frage“, sagte ich. „Sicher – im gewissen Sinn sind die Menschen glücklich, wenn sie das hören. Es ist eine ganz andere Art von Glück als jenes, das man vielleicht bei Beethoven empfindet –“

„Bei wem?“

„Bei Beethoven“, war er schwerhörig?

„Ah –“, sagte er, „ja, ja Beethoven … richtig, warten Sie, Louis von Beethoven.“

Ich lachte.

„Warum lachen Sie?“, sagte er.

„Weil Sie Louis von Beethoven sagen.“

„Heißt er nicht so?“

„Naja“, sagte ich, „allgemein sagt man Ludwig van Beethoven – aber mag sein, er hat sich Louis genannt.“

„Was ist aus ihm geworden?“

„Wie bitte?“

„Er ist wohl ein sehr berühmter Komponist geworden?“

In Bayreuth gibt es – nahe dem Festspielhaus – die große Nervenheilanstalt des Regierungsbezirks Oberfranken. Ich rückte etwas von dem Mann ab. Haben die Insassen so spät noch Ausgang? War der Mann entsprungen?

„Ein sehr berühmter Komponist“, sagte ich vorsichtig, „voriges Jahr, zu seinem 200. Geburtstag, konnte man sich gar nicht genug tun mit Beethoven-Büchern und Beethoven-Feiern …“

„200. Geburtstag?“, fragte er.

„Ja doch“, sagte ich.

„Wie die Zeit vergeht...“

Der Mann trug einen Smoking, einen recht elegant geschnittenen Smoking, aber er wirkte irgendwie verkleidet. Wenn ein konservativer Indianer einen Smoking trüge, sähe das wohl so aus. Der Smoking war dem Mann „verpasst“ wie eine militärische Uniform. Er fühlte sich in der Kleidung auch sichtlich nicht wohl, suchte Taschen, wo keine waren, knöpfte überall herum und zupfte an allen Enden. Ob die Irren, die ungefährlichen, sanfteren, mit anstaltseigenen Smokings hie und da eine Festspielaufführung besuchen dürfen? Vielleicht aufgrund einer Stiftung eines Wagner-Vereins (oder eines Anti-Wagner-Vereins?).

„Ich war überwältigt von der Präzision, mit der das Stück exekutiert worden ist“, sagte er. „Ich habe das Orchester zwar nicht gesehen, aber die Banda, so viel ich im Hören gezählt habe, waren mindestens vier Corni, drei Trompeten und vier Trombonen, ungezählt die von der Bühnenmusik – und so exakt beneidenswert.“

„Ja“, sagte ich, „das Orchester ist gut.“

„Nur sehr lang ist das Stück“, sagte er, „sehr lang.“

„Es hat Ihnen also nicht gefallen?“

„Mir steht nicht zu, etwas darüber zu sagen; mich würde nur interessieren: Sind die Menschen glücklich, wenn sie das hören?“

„Sie wären – bis auf wenige – sicher unglücklich, wenn sie nur das hören könnten.“

„Man hört auch anderes?“

„Aber doch freilich – allerdings nicht hier."

„Hier hört man nur Wagner?"

„Ja. Nur Wagner."

„Warum?"

„Das Festspielhaus wurde von Wagner für seine Bühnenwerke gebaut. Das hat man beibehalten –"

„Woanders wird Wagners Musik nicht gespielt?"

„Doch, doch –"

„Gibt es für alle Compositeurs solche Häuser?"

„Wie bitte? Ach so – nein, nein. Komische Fragen stellen Sie –"

„Ich weiß, entschuldigen Sie –", er spielte interessiert mit seinen Manschettenknöpfen, knöpfte sie heraus und brachte sie wieder hinein.

„Nein, für andere Compositeurs, wie Sie sagen, gibt es keine solchen Häuser."

„Warum nicht?"

„Die haben keine Zeit oder kein Geld gehabt, solche Häuser zu bauen."

„Und ihre Musik wird dann wohl nicht so oft gespielt wie die von Wagner?"

„Das kann man nicht einmal sagen –"

„Tatsächlich?"

„Gewiss – zum Beispiel Beethoven, wie gesagt, den hat man voriges Jahr fast zu oft gehört; auch Bach –"

„Wirklich? Bach? Das freut mich –"

„Ja", sagte ich, „die ‚Matthäus-Passion' wird sicher zehnmal so häufig aufgeführt wie der ‚Parsifal'."

„Bach hat eine ‚Matthäus-Passion' geschrieben?"

„Entschuldigen sie“, sagte ich, „ich weiß nicht –“

„Ich kannte die ‚die Sonaten und Rondos für Kenner und Liebhaber‘ und ‚Herrn Professor Gellerts Geistliche Oden und Lieder‘ –“

„Ah! Sie meinen Carl Philipp Emanuel Bach –“

„Ja, aus Berlin –“

„Ich meine Johann Sebastian –“

„Den alten Bach?“

„Natürlich. Bach ohne Vornamen ist Johann Sebastian.“

„Interessant. Den kennt man noch?“

„Und wie!“

„Sagen Sie“, er schabte mit seinem Fuß im Kies, „kennt man – auch – einen Compositeur – namens …“

„Namens?“

„Wissen Sie“, sagte er dann ganz schnell, „es steht mir natürlich nicht zu, etwas darüber zu sagen, aber am Anfang dieser Oper ist es mir akkurat so vorgekommen, als wäre alles, das Riesenorchester und die Sänger, die so furchtbar schreien, und der Chor und diese Finsternis auf der Bühne ein einziges Durcheinander. Es hat so schrecklich falsch geklungen; aber wenn man genau hinhört, merkt man doch, dass es Absicht ist, und hie und da hörte ich – verzeihen Sie, ich sollte das wohl überhaupt nicht sagen – quasi eine Insel aus einer mir bekannten Tonwelt … ich weiß nicht, wie ich das sagen soll. Es ist mir so fremd. Und diese Inseln sind, entschuldigens’, banal. Aber großartig ist wohl das andere, das ich nicht verstanden habe –“

Der kriegt vom Wagner-Verein mit Sicherheit keine Karte

mehr, dachte ich mir, wenn er das in der Anstalt auch seinen Gönnern erzählt.

„Ja nun“, sagte ich, „man kann gegen Wagner natürlich viel sagen –“

„Ich will nichts gegen den Herrn sagen, steht mir nicht zu; wird wohl so gehören die Musik. Nur: die Oper ist schon unmäßig lang.“

„Wagner hat sie nicht als zu lang empfunden.“

„Ob Compositeurs, ob Schreiber und Auteurs, sie halten sich merkwürdigerweise immer was drauf zugute, ihrem Publico an Länge Unheimliches zuzumuten. Komisch – als ob es heldenhaft wäre, eine Oper von sechs Stunden zu schreiben. Höchstens ist es heldenmäßig, eine solche Oper anzuhören.“

„Aber wenn der Meister eben diese Zeit brauchte, auszudrücken, was ihm vorschwebt –“

„Wenn ihm was Sechsstündiges vorschwebt, soll er's gefälligst nicht fürs Theater schreiben.“

Wie so ein Narr redet, dachte ich mir und schaute in die Bäume hinaus. Nach einer Weile sagte ich:

„Ich glaube –“

Er war verschwunden. Ich schaute herum. Wo der kleine Seitenweg, an dem meine Bank stand, zwischen hohen Büschen in den Hauptweg mündete, sah ich ihn stehen. Ein unheimlicher Mensch, dachte ich, ob man die Polizei verständigen sollte? Er stand dort und winkte mir. Ich lief hin. Nach einigen Schritten sah ich, dass das nicht der Mann, sondern eine von der Bank aus merkwürdig menschenähn-

liche Konstellation zweier Hecken war. Ein Nachtvogel hatte sich auf einen Ast gesetzt, der mir immer noch winkte …
Alles war verstummt. Auch der leichte Sommerwind hatte sich gelegt, und die Bäume rauschten nicht mehr. Da hörte ich auf einmal ganz deutlich, wie Musik erklang. Das war nicht ‚Parsifal', das war – ich hörte hin – ja, das war es: „Voi che sapete che cosa è amor …" Es hätte mich nicht gewundert, wenn eine der steinernen Nymphen auf der Insel im Park gesungen hätte. Die Musik kam aber aus einem der erleuchteten Fenster des Freimaurer-Museums, das direkt am Park steht.
„Donne vedete, s'io l'ho nel cor …"
Ich ging langsam aus dem Park. Die Musik begleitete mich wie ein flatterndes Band.

Man muss träumen wollen,
um träumen zu können.

CHARLES BAUDELAIRE

JOHANN WOLFGANG VON GOETHE

Wilhelm Meisters Lehrjahre

Kennst du das Land, wo die Zitronen blühn,
im dunkeln Laub die Goldorangen glühn,
ein sanfter Wind vom blauen Himmel weht,
die Myrte still und hoch der Lorbeer steht,
kennst du es wohl?
Dahin! Dahin
möcht ich mit dir, o mein Geliebter, ziehn!

Kennst du das Haus, auf Säulen ruht sein Dach,
es glänzt der Saal, es schimmert das Gemach,
und Marmorbilder stehn und sehn mich an:
Was hat man dir, du armes Kind, getan?
Kennst du es wohl?
Dahin! Dahin
möcht ich mit dir, o mein Beschützer, ziehn!

Kennst du den Berg und seinen Wolkensteg?
Das Maultier sucht im Nebel seinen Weg,
in Höhlen wohnt der Drachen alte Brut,

es stürzt der Fels und über ihn die Flut:
Kennst du ihn wohl?
Dahin! Dahin
geht unser Weg; o Vater, lass uns ziehn!

Als Wilhelm des Morgens sich nach Mignon im Hause umsah, fand er sie nicht, hörte aber, dass sie früh mit Melina ausgegangen sei, welcher sich, um die Garderobe und die übrigen Theatergerätschaften zu übernehmen, beizeiten aufgemacht hatte.
Nach Verlauf einiger Stunden hörte Wilhelm Musik vor seiner Türe. Er glaubte anfänglich, der Harfenspieler sei schon wieder zugegen; allein er unterschied bald die Töne einer Zither, und die Stimme, welche zu singen anfing, war Mignons Stimme. Wilhelm öffnete die Türe, das Kind trat herein und sang das Lied, das wir soeben aufgezeichnet haben.
Melodie und Ausdruck gefielen unserm Freunde besonders, ob er gleich die Worte nicht alle verstehen konnte. Er ließ sich die Strophen wiederholen und erklären, schrieb sie auf und übersetzte sie ins Deutsche. Aber die Originalität der Wendungen konnte er nur von ferne nachahmen. Die kindliche Unschuld des Ausdrucks verschwand, indem die gebrochene Sprache übereinstimmend und das Unzusammenhängende verbunden ward. Auch konnte der Reiz der Melodie mit nichts verglichen werden.
Sie fing jeden Vers feierlich und prächtig an, als ob sie auf etwas Sonderbares aufmerksam machen, als ob sie etwas Wichtiges vortragen wollte. Bei der dritten Zeile ward der

Gesang dumpfer und düsterer; das „Kennst du es wohl?“ drückte sie geheimnisvoll und bedächtig aus; in dem „Dahin! Dahin!“ lag eine unwiderstehliche Sehnsucht, und ihr „Lass uns ziehn!“ wusste sie bei jeder Wiederholung dergestalt zu modifizieren, dass es bald bittend und dringend, bald treibend und vielversprechend war.

Nachdem sie das Lied zum zweiten Mal geendigt hatte, hielt sie einen Augenblick inne, sah Wilhelmen scharf an und fragte: „Kennst du das Land?“ – „Es muss wohl Italien gemeint sein“, versetzte Wilhelm; „woher hast du das Liedchen?“ – „Italien!“, sagte Mignon bedeutend, „gehst du nach Italien, so nimm mich mit, es friert mich hier.“ – „Bist du schon dort gewesen, liebe Kleine?“ fragte Wilhelm. – Das Kind war still und nichts weiter aus ihm zu bringen.

Melina, der hereinkam, besah die Zither und freute sich, dass sie schon so hübsch zurechtgemacht sei. Das Instrument war ein Inventarienstück der alten Garderobe. Mignon hatte sich’s diesen Morgen ausgebeten, der Harfenspieler bezog es sogleich, und das Kind entwickelte bei dieser Gelegenheit ein Talent, das man an ihm bisher noch nicht kannte.

Der echte Name für Glück
ist Zufriedenheit.

HENRI-FRÉDÉRIC AMIEL

LEO N. TOLSTOI

Das Hemd des Glücklichen

Ein Zar lag schwerkrank darnieder und versprach: „Die Hälfte meines Reiches will ich dem geben, der mich wieder gesund macht!“ Da versammelten sich alle Weisen des Landes und beratschlagten, wie sie den Zaren heilen könnten. Aber niemand wusste Rat. Nur ein Weiser erklärte: „Wenn man einen glücklichen Menschen findet, ihm sein Hemd auszieht und es dem Zaren anlegt, dann wird der Zar genesen!“

Daraufhin schickte der Zar Boten aus, die in seinem Reich einen glücklichen Menschen suchen sollten. Aber es gab keinen einzigen Menschen, der mit allem wahrhaft zufrieden und deshalb glücklich gewesen wäre. Der eine war zwar gesund, aber in seiner Armut unglücklich. Und wenn einer gesund und reich war, dann war die Ehe unglücklich oder seine Kinder waren nicht geraten. Kurz – alle hatten einen Grund, sich über etwas zu beklagen.

Da ging einmal spät am Abend der Zarensohn an einer armseligen Hütte vorüber, und er hörte, wie drinnen jemand sagte: „Nun ist Gott sei Dank meine Arbeit geschafft, ich habe gut verdient, ich bin satt und kann mich nun ruhig schlafen legen. Was wünschte ich noch? Ich wüsste es nicht!“ Den Zarensohn erfasste eine große Freude. Nach seiner Rückkehr in den Palast befahl er, diesem Mann sein Hemd auszuziehen und ihm dafür so viel Geld zu geben, wie er nur wünschte, und dem Zaren das Hemd zu überbringen. Die Boten eilten zu dem glücklichen Menschen, um ihm gegen schweres Gold sein Hemd einzutauschen. Aber der Glückliche war so arm, dass er gar kein Hemd hatte …

Glück macht Mut.

JOHANN WOLFGANG VON GOETHE

LUDWIG BECHSTEIN

Des kleinen Hirten Glückstraum

Es war einmal ein sehr armer Bauersmann, der war in einem Dörflein Hirte, und das schon seit vielen Jahren. Seine Familie war klein, er hatte eine Frau und nur ein einziges Kind, einen Knaben. Doch diesen hatte er sehr frühzeitig mit hinaus auf die Weide genommen und ihm die Pflichten eines treuen Hirten eingeprägt, und so konnte er, als nur einigermaßen der Knabe herangewachsen war, sich ganz auf denselben verlassen, konnte ihm die Herde allein anvertrauen und konnte unterdessen daheim noch einige Dreier mit Körbeflechten verdienen. Der kleine Hirte trieb seine Herde munter hinaus auf die Triften und Raine; er pfiff oder sang manch helles Liedlein und ließ dazwischen gar laut seine Hirtenpeitsche knallen; dabei wurde ihm keine Zeit lang. Des Mittags lagerte er sich gemächlich neben seine Herde, aß sein Brot und trank aus der Quelle dazu, und dann schlief er auch wohl ein Weilchen, bis es Zeit war, weiterzutreiben. Eines Tages hatte sich der kleine Hirte unter einen schattigen Baum zur Mittagsruhe gelagert, schlief ein und träumte einen gar wunderlichen Traum: Er reise fort, gar unendlich weit fort – ein lautes Klingen, wie wenn unaufhörlich eine

Masse Münzen zu Boden fielen – ein Donnern, wie wenn unaufhörlich Schüsse knallten – eine endlose Schar Soldaten, mit Waffen und in blitzenden Rüstungen – das alles umkreiste, umschwirrte, umtoste ihn. Dabei wanderte er immerzu und stieg immer bergan, bis er endlich oben auf der Höhe war, wo ein Thron aufgebaut war, darauf er sich setzte, und neben ihm war noch ein Platz, auf dem eine schöne Frau, die plötzlich erschien, sich niederließ. Nun richtete sich im Traum der kleine Hirte empor und sprach ganz ernst und feierlich: „Ich bin König von Spanien." Aber in demselben Augenblick wachte er auf. Nachdenklich über seinen sonderbaren Traum trieb der Kleine seine Herde weiter und des Abends erzählte er daheim seinen Eltern, die vor der Türe saßen und Weiden schnitzten, wobei er ihnen auch half, seinen wunderlichen Traum und sprach zum Schluss: „Wahrlich, wenn ich noch einmal träume, so gehe ich fort nach Spanien und will doch einmal sehen, ob ich nicht König werde!"
„Dummer Junge", murmelte der alte Vater, „dich macht man zum König, lass dich nicht auslachen!"
Und seine Mutter kicherte weidlich und klatschte in die Hände und wiederholte ganz verwundert: „König von Spanien, König von Spanien!"
Am anderen Tag zu Mittag lag der kleine Hirte zeitig unter jenem Baume, und o Wunder! derselbe Traum umfing wieder seine Sinne. Kaum hielt es ihn bis zum Abend auf der Hut, er wäre gern nach Hause gelaufen und wäre aufgebrochen zur Reise nach Spanien. Als er endlich heimtrieb, verkündete er seinen abermaligen Traum und sprach: „Wenn mich aber

noch einmal so träumt, so gehe ich auf der Stelle fort, gleich auf der Stelle."

Am dritten Tage lagerte er sich denn wieder unter jenen Baum und ganz derselbe Traum kam zum dritten Male wieder. Der Knabe richtete sich im Traume empor und sprach: „Ich bin König von Spanien", und darüber erwachte er wieder, raffte aber auch sogleich Hut und Peitsche und Brotsäcklein von dem Lager auf, trieb die Herde zusammen und geraden Wegs nach dem Dorfe zu. Da fingen die Leute an mit ihm zu zanken, dass er so bald und so lange vor der Vesperzeit eintreibe, aber der Knabe war so begeistert, dass er nicht auf das Schelten der Nachbarn und der eignen Eltern hörte, sondern seine wenigen Kleidungsstücke, die er des Sonntags trug, in ein Bündel schnürte, dasselbe an ein Nussholzstöcklein hing, über die Achsel nahm und so mir nichts, dir nichts fortwanderte. Gar flüchtig war der Knabe auf den Beinen; er lief so rasch, als sollte er noch vor nachts in Spanien eintreffen. Doch erreichte er nur an diesem Tage einen Wald, nirgends war ein Dorf oder ein einzelnes Haus; und er beschloss, in diesem Wald in einem dichten Busch sein Nachtlager zu suchen. Kaum hatte er aber zur Ruhe sich niedergelegt und war entschlummert, als ein Geräusch ihn wieder erweckte: Es zog eine Schar Männer in lautem Gespräch an dem Busch vorüber, in welchen er sich gebettet. Leise machte der Knabe sich hervor und ging den Männern in einer kleinen Entfernung nach und dachte, vielleicht findest du doch noch eine Herberge; wo diese Männer heute schlafen, kannst du gewiss auch schlafen.

Gar nicht lange waren sie weitergewandert, als ein ziemlich ansehnliches Haus vor ihnen stand, aber so recht mitten im dunklen Wald. Die Männer klopften an, es wurde aufgetan, und neben den Männern schlüpfte auch der Hirtenknabe mit hinein in das Haus. Drinnen öffnete sich wieder eine Türe und alle traten in ein großes, sehr spärlich erhelltes Zimmer, wo auf dem Fußboden umher viele Strohbunde, Betten und Deckbetten lagen, die zum Nachtlager der Männer bereitgehalten schienen. Der kleine Hirtenbub verkroch sich schnell unter einem Strohhaufen, der nahe an der Türe aufgeschichtet war, und lauschte nun auf alles, was er nur aus seinem Versteck hören und wahrnehmen konnte. Bald kam er dahinter, denn er war ohnehin klug und aufgeweckt, dass diese Männerschar eine Räuberbande sei, deren Hauptmann der Herr dieses Hauses war. Dieser bestieg, als die neu angelangten Mitglieder der Bande sich hingelagert hatten, einen etwas erhöhten Sitz und sprach mit tiefer Bassstimme: „Meine braven Genossen, tut mir Bericht von eurem heutigen Tagewerk, wo ihr eingebrochen seid und was ihr erbeutet habt!"
Da richtete sich zuerst ein langer Mann mit kohlschwarzem Bart empor und antwortete: „Mein lieber Hauptmann, ich habe heute früh einen reichen Edelmann seiner ledernen Hose beraubt, diese hat zwei Taschen, und so oft man das Oberste zuunterst kehrt und tüchtig schüttelt, so oft fällt ein Häuflein Dukaten heraus auf den Boden."
„Das klingt sehr gut!", sprach der Hauptmann.
Ein anderer der Männer trat auf und berichtete: „Ich habe heute einem General seinen dreieckigen Hut gestohlen;

dieser Hut hat die Eigenschaft, wenn man ihn auf den Kopf dreht, dass unaufhörlich aus den drei Ecken Schüsse knallen."

„Das lässt sich hören!", sprach der Hauptmann wieder.

Und ein dritter richtete sich auf und sprach: „Ich habe einen Ritter seines Schwertes beraubt; so man dasselbe mit der Spitze in die Erde stößt, ersteht augenblicklich ein Regiment Soldaten."

„Eine tapfere Tat!", belobte der Hauptmann. Ein vierter Räuber erhob sich nun und begann: „Ich habe einem schlafenden Reisenden seine Stiefel abgezogen, und wenn man diese anzieht, legt man mit jedem Schritt sieben Meilen zurück."

„Rasche Tat lobe ich!", sprach der Hauptmann zufrieden, „hänget eure Beute an die Wand und dann esset und trinket und schlafet wohl." Somit verließ er das Schlafzimmer der Räuber; diese zechten noch weidlich und fielen dann in festen Schlaf.

Als alles stille und ruhig war und die Männer allesamt schliefen, machte sich der kleine Hirte hervor, zog die ledernen Hosen an, setzte den Hut auf, gürtete das Schwert um, fuhr in die Stiefel und schlich dann leise aus dem Haus. Draußen aber zeigten die Stiefel zur Freude des Kleinen schon ihre Wunderkraft und es währte gar nicht lange, so schritt das Bürschchen zur großen Residenzstadt Spaniens hinein; sie heißt Madrid.

Hier fragte er den ersten Besten, der ihm aufstieß, nach dem größten Gasthof, aber er erhielt zur Antwort: „Kleiner Wicht, geh du hin, wo deinesgleichen einkehrt, und nicht wo reiche Herren speisen." Doch ein blankes Goldstück machte jenen gleich höflicher, sodass er nun gerne der Führer des kleinen Hirten wurde und ihm den besten Gasthof zeigte.

Dort angelangt mietete der Jüngling sogleich die schönsten Zimmer und fragte freundlich seinen Wirt: „Nun, wie steht es in eurer Stadt? Was gibt es hier Neues?"

Der Wirt zog ein langes Gesicht und antwortete: „Herrlein, Ihr seid hier zu Land wohl fremd? Wie es scheint, habt Ihr noch nicht gehört, dass unser König, Majestät, sich rüstet mit einem Heer von zwanzigtausend Mann? Seht, wir haben Feinde; oh, es ist gar eine schlimme Zeit! Herrlein, wollt Ihr auch etwa unters Militär gehen?"

„Freilich, freilich", sprach der zarte Jüngling, und sein Gesicht glänzte vor Freude.

Als der Wirt sich entfernt hatte, zog er flugs seine ledernen Hosen aus, schüttelte sich ein Häuflein Goldstücke und kaufte sich kostbare Kleider und Waffen und Schmuck, tat alles an und ließ beim König um eine Audienz bitten. Und wie er in das Schloss kam und von zwei Kammerherren durch einen großen herrlichen Saal geführt wurde, begegnete ihnen eine wunderliebliche junge Dame, die sich anmutig vor dem schönen Jüngling, der in der Mitte der Herren ging und sie zierlich grüßte, verneigte, und die Herren flüsterten: „Das ist die Prinzessin, die Tochter des Königs."

Der junge Mann war nicht wenig von der Schönheit der Königstochter entzückt, und seine Entzückung und Begeisterung ließen ihn keck und mutvoll vor dem Könige reden.

Er sprach: „Königliche Majestät! Ich biete hiermit untertänigst meine Dienste als Krieger an. Mein Heer, das ich euch zuführe, soll euch den Sieg erfechten, mein Heer soll alles erobern, was mein König zu erobern befiehlt. Aber eine Belohnung bitte ich mir aus, dass ich, sofern ich den Sieg davontrage, eure holde Tochter als Gemahlin heimführen dürfe. Wollt Ihr das, mein gnädigster König?“

Und der König erstaunte ob der kühnen Rede des Jünglings und sprach: „Wohl, ich gehe in deine Forderung ein; kehrst du heim als Sieger, so will ich dich als meinen Nachfolger einsetzen und dir meine Tochter zur Gemahlin geben.“

Jetzt begab sich der ehemalige Hirte ganz allein hinaus auf das freie Feld und begann, sein Schwert drauf und drein in die Erde zu stoßen, und in wenigen Minuten standen viele Tausende kampfgerüsteter Streiter auf dem Platz und der Jüngling saß als Feldherr kostbar bewaffnet und geschmückt auf einem herrlichen Ross, welches mit goldgewirkten Decken behangen war; der Zaum blitzte von Edelsteinen und der junge Feldherr zog aus und dem Feind entgegen, da gab es eine große blutige Schlacht; aus dem Hut des Feldherrn donnerten unaufhörlich tödliche Schüsse und das Schwert desselben rief ein Regiment nach dem andern aus der Erde hervor, sodass in wenigen Stunden der Feind geschlagen und zerstreut war und die Siegesfahnen wehten. Der Sieger aber folgte nach und nahm dem Feinde auch noch den besten Teil seines Landes hinweg. Siegreich und glorreich kehrte er dann zurück nach Spanien, wo ihn das holdeste Glück noch erwartete. Die schöne Königstochter war nicht minder entzückt von dem schmucken Jüngling gewesen, wie sie ihm im Saale begegnet war, als er von ihr; und der gnädigste König wusste die sehr großen Verdienste des tapfern Jünglings auch gebührend zu schätzen, hielt sein Wort, gab ihm seine Tochter zur Gemahlin und machte ihn zu seinem Nachfolger und Thronerben.

Die Hochzeit wurde prunkvoll und glänzend vollzogen, und der ehemalige Hirte saß ganz im Glück. Bald nach der Hochzeit legte der alte König Krone und Zepter in die Hände seines Schwiegersohns, der saß stolz auf dem Thron und neben ihm seine holde Gemahlin, und es wurde ihm, als dem neuen König, von seinem Volke Huldigung gebracht. Da gedachte er seines so schön erfüllten Traumes und gedachte seiner armen Eltern und sprach, als er wieder allein bei seiner Gemahlin war: „Meine Liebe, sieh, ich habe noch Eltern, aber sie sind sehr arm, mein Vater ist Dorfhirte weit von hier, und ich selbst habe als Knabe das Vieh gehütet, bis mir durch einen wunderbaren Traum offenbart wurde, dass ich noch König von Spanien werde. Und das Glück war mir hold, sieh, ich bin nun König, aber meine Eltern möcht ich auch gern noch glücklich sehen, daher ich mit deiner gütigen Zustimmung nach Hause reisen und die Eltern holen will." Die Königin war zufrieden und ließ ihren Gemahl ziehen, der sehr schnell zog, weil er die Siebenmeilenstiefel anhatte. Unterwegs stellte der junge König die Wunderdinge, die er den Räubern abgenommen, ihren rechtmäßigen Eigentümern wieder zu, bis auf die Stiefel, holte seine armen Eltern, die vor Freude ganz außer sich waren, und dem

Eigentümer der Stiefel gab er für dieselben ein Herzogtum. Dann lebte er glücklich und würdiglich als König von Spanien bis an sein Ende.

Echte Freude ist eine ernste Sache.

LUCIUS ANNAEUS SENECA

GOTTFRIED KELLER

Fabel

Zur Zeit der Abenddämmerung saßen drei oder vier Leuchtwürmchen in einer Wiese unter den Kräutern und Blumen und man sah, wie sie geheimnisvoll die Köpfe zusammensteckten, emsig hin und her krochen und sich eifrig besprachen, sodass man glauben musste, es sei etwas sehr Wichtiges im Werke. Als nun die Nacht auf die Felder und Fluren niedersank und die Sterne am Himmel erglänzten, da erklommen sie einen hohen Grashalm und sprachen zu den Sternen: „Ihr lieben Sternlein! Ihr müsst gewiss sehr müde sein von eurem allnächtlichen Wachen; drum geht einmal ohne Sorgen schlafen; wir wollen indes die Erde für euch beleuchten!“ Die Sternlein lächelten einander an und verbargen sich zum Spaße hinter kleinen Wolken; die Leuchtwürmchen aber glänzten die ganze Nacht hindurch aus allen Leibeskräften, und am Morgen meinten die guten Tierlein, sie hätten die Erde erleuchtet.

Kunst ist Plagiat oder revolutionär.

PAUL GAUGUIN

TOMI UNGERER

Der Sammler

Es war einmal ein reicher Kunstsammler. Er ging pleite, doch er schaffte es, das Lieblingsstück seiner Sammlung zu retten, einen „Gauguin“ – mit rosa Bäumen. Er zog mit seinem Wohnmobil an den Rand einer von Touristen viel befahrenen Landstraße und stellte ein Schild auf: „Besichtigen Sie einen echten Gauguin, Eintritt eine Mark.“ Er konnte davon leben. Eines Tages kam ein Kunsthistoriker vorbei, ein Gauguin-Spezialist. Für eine Mark entlarvte er das Werk als eine Fälschung. Der Caravanist, sein Entsetzen überwindend, veränderte sein Schild: „Besichtigen Sie einen falschen Gauguin. Eintritt 50 Pfennig!“ – Der Besitzer aber fand das Gemälde, wie er es immer gefunden hatte: schön. Die Geschichte kam irgendwie in die Presse und bald stürzten sich alle Medien auf den ehemaligen Sammler. – Massen von schaugierigen Besuchern strömten herbei und standen Schlange, um die Sensation zu bewundern. Unser Mann änderte wieder sein Schild: „Besichtigen Sie eine echte Fälschung von Gauguin. Eintritt fünf Mark.“ Es lohnte sich. Bald konnte er wieder spekulieren und wurde reich, reicher als zuvor. Er sammelte erneut Kunst, aber nur Fälschungen, die er schön fand und empfand.

Nimm dir Zeit zum Lesen –
es ist der Brunnen der Weisheit.
Nimm dir Zeit zum Träumen –
es bringt dich den Sternen näher.
Nimm dir Zeit, zu lieben und geliebt zu werden –
es ist der wahre Reichtum des Lebens.
Nimm dir Zeit zum Lachen –
es ist die Musik der Seele.

IRISCHER SEGENSWUNSCH

KURT TUCHOLSKY

Der Zeitsparer

Am 27. Februar 1926 war es so weit. – Die Herren in weißen Laboratoriumsmänteln erfüllten den großen Raum, bewegten sich unruhig, lachten, gestikulierten und sprachen aufgeregt durcheinander. Denn sie hatten zwei Stunden regungslos gehorcht, abwechselnd auf den ungefügen Apparat gestiert, der in der Mitte des Hörsaales stand, und auf den kleinen Mann, der leichenblass auf einem Stühlchen saß und mit leiser Stimme Erläuterungen gab …

Der deutsche Professor Gottlieb Friedrich Waltzemüller hatte den Zeitsparer erfunden.

Der Apparat hob die Zeit auf. Es war gar nicht so kompliziert, und wenn sie ihrerseits aufs Patentamt gehen, werden Sie sehen, dass ich recht habe: Denn da bekommen Sie die

Erklärung zu dem Ding, das aussah – damals, heute sind sie ja anders – wie ein zugedecktes Bett aus Stahl. Man legte sich hinein, und was man da an Zeit ersparte – denn drinnen liefen ja die Uhren nicht, nicht die elektrischen und nicht die Sanduhren – das konnte man beliebig irgendwo in seinem Leben wieder ankleben und einfügen – wo man es gerade brauchte.

Das gab ein Hallo! Mit dem Herumtrödeln auf der Erde war es auf einmal vorbei. Niemand hatte mehr Zeit zu verlieren. Die Redensart: „Ich habe keine Zeit" wurde Formel für den Offenbarungseid – und es war ganz erstaunlich, wie sich die Menschen beeilten, um mit den nötigsten Obliegenheiten fertig zu werden. Sie sparten! Keiner tat noch etwas anderes, als im Eiltempo die wenige Nahrung zu sich zu nehmen und sich dann befriedigt in den Apparat zu packen. Da drinnen sparte er nun Zeit und legte sie auf die hohe Kante. Wer ging noch spazieren? Wer hatte noch Augen zu sehen, was auf der Welt vor sich ging? Sie lasen nicht, sie liebten nicht, sie freuten sich nicht mehr – sie sparten.

Carnegie hatte zu allem Zeit. Er aaste geradezu mit der Zeit, als ob er sie später nicht noch einmal brauchen könnte. Aber dafür war vorgesorgt: Er kaufte Zeit auf. Und tausend arme Teufel legten sich krumm, damit der kleine weißhaarige Herr sich so recht gemütlich eine Birne schälen oder gar ein Stückchen zu Fuß gehen konnte.

Es gab eine Zeitbörse. Da wurde die Zeit gehandelt – und weil sie sehr gut bezahlt wurde, so legten sich ganze Dörfer industriemäßig in den Kasten aus Stahl, sparten und verkauften meistbietend. Darauf fielen die Preise – aber durch einen Trust gelang es, eine kräftige Hausse zu erzielen. – … Einmal gab es einen Corner. Mister Woolf aus New York, der infolge eines tödlich verlaufenen Unterhaltungsromans einen schrecklichen Tod gefunden hatte, lebte wieder auf, weil er fühlte, dass hier ein Geschäft zu machen sei, kaufte auf – ich glaube, er hat damals im ganzen zirka 70 000 Jahre gehabt –, wurde eingekreist und musste losschlagen. Man konnte darauf den Tag schon für fünf Cents haben, und die Leute bummelten, dass es eine Schande war. Die Theater machten weit auf, ganz reiche Herrschaften begannen, Fußball zu spielen, und man sah bereits wieder Angehörige des mittleren Bürgerstands, die im Schein der untergehenden Sonne lässig vor der Schwelle ihres Häuschens träumerisch in der Nase bohrten …

Aber das ging vorüber: Der Monat Zeit kostete wieder seine achtzig Dollar, und alles war wie früher.

So lagen die Dinge, als sich eine seltsame Nachricht auf der Erde verbreitete. Bei München, hieß es, lebe ein Mann, der spare überhaupt keine Zeit! Hat man je so etwas gehört! Er sei Menschendoktor und heiße Bruck. Dr. Bruck…

Einige reiche Leute – denn die anderen hatten ja keine Zeit – machten sich auf, diesen Unmenschen zu sehen. Wahrhaftig: Als sie sich dem kleinen Anwesen näherten, rauchte da ein Mann mit einem Spitzbart eine Pfeife, eine lange Pfeife, und auf dem Porzellankopf – das sah man deutlich – war ein buntes Blumengewinde gemalt, mit Engeln, die die Girlandenenden angepackt hielten … Der Mann paffte behaglich und stieß die Rauchwölkchen in die warme Sommerluft, in der sie, hellblauen Gazeschleiern vergleichbar, langsam nach oben entschwebten... Und dieser Mensch verfolgte ihren Aufstieg zufrieden, und wenn eins verflogen war, schickte er ein anderes nach und mochte sich so an diesem Wolkenspiel schon eine ganze Weile erfreut haben. Und nicht genug damit: Er zündete sich die Pfeife, als sie ausging und nicht gleich brennen wollte, dreimal hintereinander an. Da brannte sie. Ja, war er denn toll...? Es schien so.

Denn als der reiche Münchner Engrosschlächter Mauermeier sich dem Manne eilig prustend, um nicht zu viel Zeit zu verlieren, in das Gesichtsfeld schob, da sagte der: „Grüß Gott!", sagte er und dann mummelte er so recht behaglich an seiner glimmenden Pfeife. Und ehe der Mauermeier sich noch recht erholt hatte, fuhr der Doktor fort: „Ja, wollen wir nicht ein kleines Spaziergängchen machen? – Da, seht doch nur, wie hübsch grün schon das wellige Gras ist, über das der Wind läuft, und da drüben die Höhen, auf die ich jetzt zuschreiten will, sind schon durchsichtig bläulich, und das ist ein gutes Zeichen fürs Wetter."

Da nahm sich der Mauermeier die Zeit – denn er hatte es dazu und konnte es sich leisten, Gott sei Dank! –, da nahm er sich die Zeit, ganz schnell einmal zu sagen: „Einsperren sollt man Eahna, Heer Nachbar, z'wegen Verschwendung!" – Und schob eilend laufend, in der Richtung zum Bahnhof, ab, um den Zug nach München nicht zu verpassen, damit er gleich wieder weitersparen könne...

Der Doktor aber stand fröhlich lächelnd auf, ergriff das Stöckchen, das ihn auf allen Wegen begleitete, und durchschritt den sauberen, stillen Ort, darinnen er wohnte, besah sich voll guten Mutes die breiten Straßen und die niedrigen Häuser und das achteckige Türmchen auf dem Wirtshaus. Da oben, in dem achteckigen Zimmerchen, mit der Aussicht auf das Dorf und die Berge, habe eine verrückte Gräfin gewohnt, raunten die Leute, und wenn die Nebelschwaden dicht durch die regenschwere Luft zogen, dann schoben sie sich wohl an den acht Fensterchen vorbei, der Ofen knasterte, und eine weißhaarige Dame kroch murmelnd die gewundene Treppe herauf, um hier ihr verlorenes Leben zu beschließen ... Das überdachte der Doktor, und dann guckte er, ob das Krankenhaus noch an seinem Platz sei, und sah nach der Post, vor der eine alte Rumpelchaise ohne die Gäule aufgestellt war, und nach dem Rathaus – und stand schließlich nicht ab, unterwegens im besten Schmauchen ein kleines Poem zu verfertigen, in dem alles darinnen stand: Wie schön doch das bisschen Leben sei, und wie man nur einmal auf die Welt gesetzt werde, und wie er für seine Person auf alle Mauermeiers und Zeitsparer pfeife ...

Ein wenig Duft bleibt immer an
den Händen derer haften, die Rosen schenken.

AUS ASIEN

ANONYM

Das Märchen von der geschenkten Zeit

Es waren einmal ein König und eine Königin, die hatten drei Töchter. Von der Ältesten sagten die Leute: Wie klug sie ist! Von der Zweiten meinten sie voller Bewunderung: Seht, wie ist sie so fleißig! Wenn sie aber von der Dritten sprachen, hellten sich ihre Gesichter auf: Sie ist so freundlich und sie kann so wunderbar lachen.

Eines Tages sagte die königliche Mutter: „Es wird nun Zeit, meine lieben Töchter, dass ihr das Haus verlasst und die Welt kennenlernt." Einer jeden legte sie eine kunstvoll gewirkte Tasche über die Schulter, die war prall gefüllt. „Das ist eure Wegzehrung. Ich habe jeder von euch einen großen Anteil von meiner Zeit geschenkt. Geht sorgsam damit um. Mehr davon kann ich euch nicht geben." Der Abschied war herzlich, und dann ging eine jede ihren Weg.

Die Erste, die Kluge, war noch nicht weit gegangen, da hatte sie schon eine große Berechnung angestellt, wie sie ihre Zeit möglichst gewinnbringend anlegen könnte. „Gönn dir ein bisschen mehr von deiner Zeit", wisperten die Blumen am Wegesrand. „Wo denkt ihr hin“, sagte die Kluge, „Zeit ist Geld, und das wirft man nicht auf die Straße.“ Und sie eilte davon, als hätte sie schon jetzt keine Zeit mehr.

Die Zweite, die Fleißige, hatte sofort eine Beschäftigung entdeckt und arbeitete hastig, denn sie wollte die Zeit ausnutzen. Da rollte ihr ein roter Ball zwischen die Füße und ein Kind rannte herbei und fragte: „Spielst du mit mir?“ „Jetzt nicht“, sagte die Fleißige, „ich habe keine Zeit! Ich muss heute schon die Arbeit von morgen machen.“ „Spielst du dann morgen mit mir?“ „Das geht nicht, da mach ich die Arbeit von übermorgen.“ „Und dann, hast du dann Zeit?“ „Vielleicht, wenn nichts dazwischenkommt. Aber jetzt nimm deinen Ball und stiehl mir nicht die Zeit!“ Da ging das Kind und wartete auf übermorgen.

Die dritte Tochter aber kam nicht weit, nur bis zu einer Bank am Ententeich. Dort saßen ein paar alte Leute und schwiegen sich aus, denn sie hatten einander schon alles erzählt, und etwas Neues fiel ihnen nicht ein. „Hast du ein bisschen Zeit? Komm, setz dich zu uns!“ „Aber sicher“, sagte die mit dem lachenden Gesicht. „Ich habe viel Zeit geschenkt bekommen. Davon kann ich euch doch abgeben“, und sie langte in ihre Tasche und fragte die alten Leute nach ihrem Leben. Und die erzählten ihr viel, und als sie sich verabschiedet hatte, hörte sie sie von Weitem immer noch reden und lachen, denn es war ihnen noch so viel eingefallen, was sie beinahe schon vergessen hatten.

„Nach einem Jahr“, hatte die Mutter gesagt, „kommt ihr noch einmal zurück und erzählt uns, wie es euch ergangen ist.“ Als das Jahr herum war, schickte die Älteste ein teures Blumengebinde mit einem kleinen Gruß daran: „Liebe Eltern, habt Dank, aber ich kann euch nicht besuchen. Es wäre unklug. Der weite Weg zu euch würde mich zu viel Zeit kosten.“ Die Zweite kam in allerhöchster Eile und erzählte von der vielen Arbeit, die nun liegenbleiben musste, und war im Herzen schon wieder abgereist, ehe sie angekommen war. Die Dritte aber kam etwas zu spät, denn sie hatte unterwegs Blumen gepflückt, die sie der Mutter mitbringen wollte. „Hast du denn so viel Zeit übrig?“, fragte die Mutter. „Aber sicher“, sagte die Tochter, „du hattest mir ja gar nicht verraten, dass die Tasche sich immer wieder füllt! Je mehr Zeit ich verschenkt habe, desto mehr fand ich darin.“

„Du bist die Einzige“, sagte die Mutter lächelnd, „die das Geheimnis der geschenkten Zeit erfahren hat.“

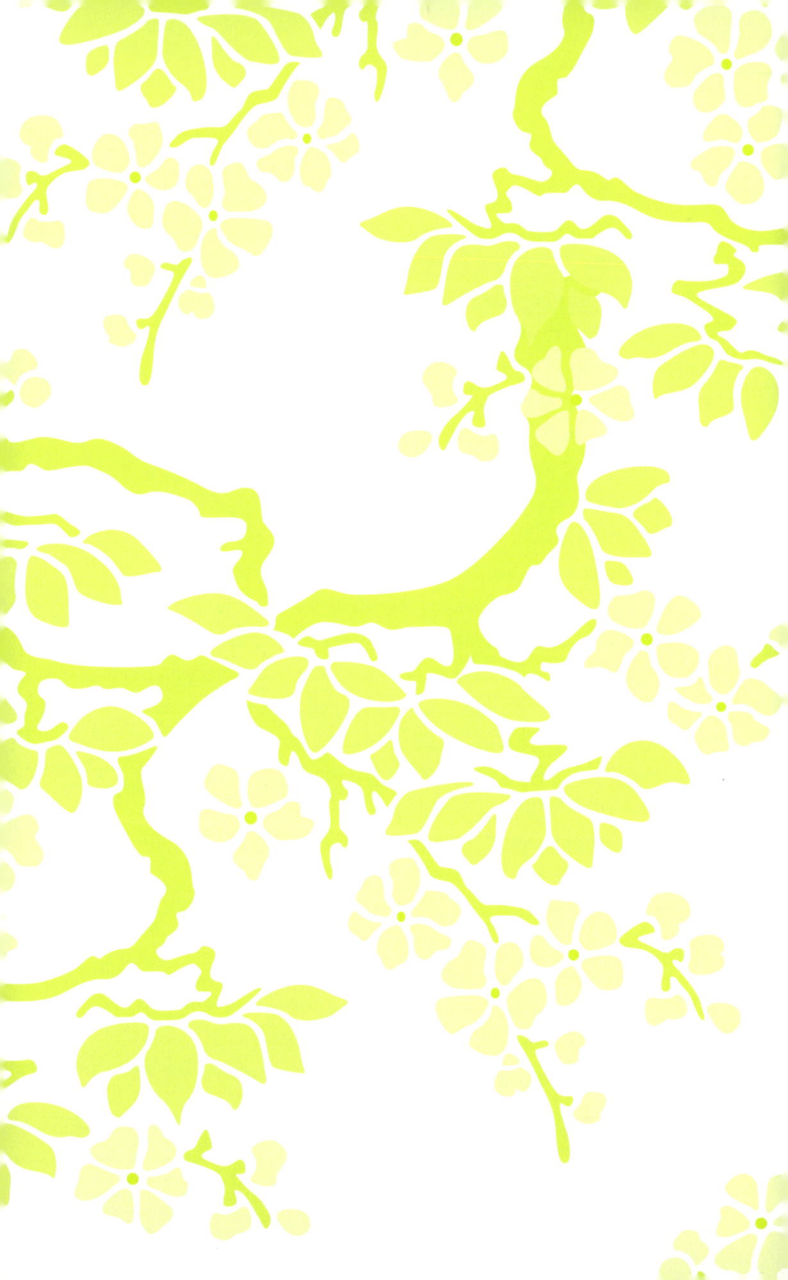

Die Fantasie ist ein ewiger Frühling.

FRIEDRICH VON SCHILLER

WALT WHITMAN

Stunden für die Seele

Wonnemonat Mai – Monat der schwärmenden, singenden, balzenden Vögel – Monat der Hummeln – Monat des blühenden Flieders (und auch mein Geburtsmonat). Ich schreibe dies im Freien, kurz nach Sonnenaufgang, unten am Fluss. Das Spiel des Lichts, die Düfte, die Melodien – Hüttensänger, Grasmücken, Wanderdrosseln, wohin man auch schaut – das lärmende, klingende Konzert der Natur. Als Untermalung dient das Hämmern eines benachbarten Spechts an seinem Baum und der entfernte Weckruf eines Hahns. Und die feuchte Erde duftet – die Farben, die zarten Grau- und lichten Blautöne am Horizont. Das leuchtende Grün des Grases hat durch die Milde und Feuchtigkeit der letzten zwei Tage eine zusätzliche Tiefe erhalten. Wie ruhig die Sonne zu ihrer Tagesreise in den weiten, klaren Himmel aufsteigt! Wie ihre warmen Strahlen alles überfluten und wie mit Küssen fast heiß über mein Gesicht strömen.

Es ist eine Weile her seit dem Gequake der Teichfrösche und dem ersten Weiß der Hartriegelblüten. Jetzt sprenkelt goldener Löwenzahn in endloser Verschwendung überall den Boden. Die weißen Kirsch- und Birnenblüten – die wilden

Veilchen schauen aus ihren blauen Augen auf und salutieren meinen Füßen, als ich am Waldrand entlangschlendere. Der rosige Schein knospender Apfelbäume, das leuchtend klare Smaragdgrün der Weizenfelder, das dunklere Grün des Roggens – eine warme Geschmeidigkeit durchdringt die Luft, die Wacholderbüsche sind reich geschmückt mit ihren braunen Äpfelchen – der Sommer erwacht ganz und gar. Die Amseln, in geschwätzigen Schwärmen, sammeln sich auf einem Baum und erfüllen die Stunde und den Ort mit Lärm, während ich in ihrer Nähe sitze.
Später. (…) Ich sitze schreibend unter einem großen Wildkirschbaum – der warme Tag wird angenehm temperiert von einzelnen Wolken und einer frischen Brise, nicht zu stark und nicht zu schwach, und hier sitze ich lange und lange, umhüllt vom tiefen musikalischen Gebrumm dieser Hummeln, die über mir zu Hunderten herumschwirren, sich wiegen, hin und her schießen – dicke Burschen mit hellgelben Röcken, großen leuchtenden, schwellenden Leibern, gedrungenen Köpfen und hauchdünnen Flügeln, unablässig lassen sie ihr reiches, weiches Summen ertönen. (…) Wie mich das alles kräftigt und wunderbar besänftigt – die frische Luft, die Roggenfelder, die Obstgärten. Die letzten beiden Tage waren makellos, was Sonne, Wind, Temperatur und überhaupt alles angeht, und ich habe sie zutiefst genossen.

Lesen heißt durch fremde Hand träumen.

FERNANDO PESSOA

MICHAEL ENDE

Die unendliche Geschichte

Es ist eine rätselhafte Sache um die menschlichen Leidenschaften, und Kindern geht es damit nicht anders als Erwachsenen. Diejenigen, die davon befallen werden, können sie nicht erklären und diejenigen, die nichts dergleichen je erlebt haben, können sie nicht begreifen. Es gibt Menschen, die setzen ihr Leben aufs Spiel, um einen Berggipfel zu bezwingen. Niemand, nicht einmal sie selbst, könnten wirklich erklären, warum. Andere ruinieren sich, um das Herz einer bestimmten Person zu erobern, die nichts von ihnen wissen will. Wieder andere richten sich zugrunde, weil sie den Genüssen des Gaumens nicht widerstehen können – oder denen der Flasche. Manche geben all ihr Hab und Gut hin, um im Glücksspiel zu gewinnen, oder opfern alles einer fixen Idee, die niemals Wirklichkeit werden kann. Einige glauben, nur dann glücklich sein zu können, wenn sie woanders wären, als sie sind, und reisen ihr Leben lang durch die Welt. Und ein paar finden keine Ruhe, ehe sie nicht mächtig geworden sind. Kurzum, es gibt so viele verschiedene Leidenschaften, wie es verschiedene Menschen gibt. Für Bastian Balthasar Bux waren es die Bücher.

Wer niemals ganze Nachmittage lang mit glühenden Ohren und verstrubbeltem Haar über einem Buch saß und las und las und die Welt um sich her vergaß, nicht mehr merkte, dass er hungrig wurde oder fror – Wer niemals heimlich beim Schein einer Taschenlampe unter der Bettdecke gelesen hat, weil Vater oder Mutter oder sonst irgendeine besorgte Person einem das Licht ausknipste mit der gut gemeinten Begründung, man müsse jetzt schlafen, da man doch morgen so früh aus den Federn sollte – Wer niemals offen oder im Geheimen bitterliche Tränen vergossen hat, weil eine wunderbare Geschichte zu Ende ging und man Abschied nehmen musste von den Gestalten, mit denen man gemeinsam so viele Abenteuer erlebt hatte, die man liebte und bewunderte, um die man gebangt und für die man gehofft hatte und ohne deren Gesellschaft einem das Leben leer und sinnlos schien – Wer nichts von alledem aus eigener Erfahrung kennt, nun, der wird wahrscheinlich nicht begreifen können, was Bastian jetzt tat. Er starrte auf den Titel des Buches und ihm wurde abwechselnd heiß und kalt. Das, genau das war es, wovon er schon oft geträumt und was er sich, seit er von seiner Leidenschaft befallen war, gewünscht hatte: Eine Geschichte, die niemals zu Ende ging! Das Buch aller Bücher! Er musste dieses Buch haben, koste es, was es wolle! Koste es, was es wolle? Das war leicht gesagt! Selbst wenn er mehr als die drei Mark und fünfzehn Pfennig Taschengeld, die er bei sich trug, hätte anbieten können – dieser unfreundliche Herr Koreander hatte ja nur allzu deutlich zu verstehen gegeben, dass er ihm kein einziges Buch verkaufen würde. Und verschenken würde er es schon gar nicht. Die Sache war hoffnungslos. Und doch wusste Bastian, dass er ohne das Buch nicht weggehen konnte. Jetzt war ihm klar, dass er überhaupt nur wegen dieses Buches hierhergekommen war, es hatte ihn auf geheimnisvolle Art gerufen, weil es zu ihm wollte, weil es eigentlich schon seit immer ihm gehörte!

Bastian lauschte auf das Gemurmel, das nach wie vor aus dem Kabinett zu hören war. Ehe er sich's versah, hatte er plötzlich ganz schnell das Buch unter seinen Mantel gesteckt und presste es dort mit beiden Armen an sich. Ohne ein Geräusch zu machen, ging er rückwärts auf die Ladentür zu, wobei er die andere Tür, die zum Kabinett, ängstlich im Auge behielt. Vorsichtig drückte er auf die Klinke. Er wollte verhindern, dass die Messingglöckchen Lärm machten, deshalb öffnete er die Glastür nur so weit, dass er sich gerade eben durchzwängen konnte. Leise und behutsam schloss er die Tür von draußen.

Erst dann begann er zu rennen.

Reich genug ist, wer zufrieden ist.

AUS FRANKREICH

RICHARD VON VOLKMANN-LEANDER

Der Wunschring

Ein junger Bauer, mit dem es in der Wirtschaft nicht recht vorwärtsgehen wollte, saß auf seinem Pfluge und ruhte einen Augenblick aus, um sich den Schweiß vom Angesichte zu wischen. Da kam eine alte Hexe vorbeigeschlichen und rief ihm zu: „Was plagst du dich und bringst's doch zu nichts? Geh zwei Tage lang geradeaus, bis du an eine große Tanne kommst, die frei im Walde steht und alle anderen Bäume überragt. Wenn du sie umschlägst, ist dein Glück gemacht." Der Bauer ließ sich das nicht zweimal sagen, nahm sein Beil und machte sich auf den Weg. Nach zwei Tagen fand er die Tanne. Er ging sofort daran, sie zu fällen, und in dem Augenblicke, wo sie umstürzte und mit Gewalt auf den Boden schlug, fiel aus ihrem höchsten Wipfel ein Nest mit zwei Eiern heraus. Die Eier rollten auf den Boden und zerbrachen, und wie sie zerbrachen, kam aus dem einen Ei ein junger Adler heraus, und aus dem anderen fiel ein kleiner goldener Ring. Der Adler wuchs zusehends, bis er wohl halbe Manneshöhe hatte, schüttelte seine Flügel, als wollte er sie probieren, erhob sich etwas über die Erde und rief dann: „Du hast mich erlöst! Nimm zum Dank den Ring, der in dem anderen Ei gewesen ist! Es ist ein Wunschring. Wenn du ihn am Finger umdrehst und dabei einen Wunsch ausprichst, wird er alsbald in Erfüllung gehen. Aber es ist nur ein einziger Wunsch im Ring. Ist der getan, so hat der Ring alle weitere Kraft verloren und ist nur wie ein gewöhnlicher Ring. Darum überlege dir wohl, was du dir wünschst, auf dass es dich nicht nachher reue."

Darauf hob sich der Adler hoch in die Luft, schwebte lange noch in großen Kreisen über dem Haupte des Bauern und schoss dann wie ein Pfeil nach Morgen.

Der Bauer nahm den Ring, steckte ihn an den Finger und begab sich auf den Heimweg. Als es Abend war, langte er in einer Stadt an; da stand der Goldschmied im Laden und hatte viele köstliche Ringe feil. Da zeigte ihm der Bauer seinen Ring und fragte ihn, was er wohl wert wäre. „Einen Pappenstiel!" versetzte der Goldschmied. Da lachte der Bauer laut auf und erzählte ihm, dass es ein Wunschring sei und mehr wert als alle Ringe zusammen, die jener feilhielte. Doch der Goldschmied war ein falscher, ränkevoller Mann. Er lud den Bauern ein, über Nacht bei ihm zu bleiben, und sagte: „Einen Mann wie dich mit solchem Kleinode zu beherbergen, bringt Glück; bleibe bei mir!" Er bewirtete ihn aufs schönste mit Wein und glatten Worten, und als er nachts schlief, zog er ihm unbemerkt den Ring vom Finger und steckte ihm stattdessen einen ganz gleichen, gewöhnlichen Ring an.

Am nächsten Morgen konnte es der Goldschmied kaum erwarten, dass der Bauer aufbräche. Er weckte ihn schon in der frühesten Morgenstunde und sprach: „Du hast noch einen weiten Weg vor dir. Es ist besser, wenn du dich früh aufmachst."

Sobald der Bauer fort war, ging er eiligst in seine Stube, schloss die Läden, damit niemand etwas sähe, riegelte dann auch noch die Tür hinter sich zu, stellte sich mitten in die Stube, drehte den Ring um und rief: „Ich will gleich hunderttausend Taler haben."

Kaum hatte er dies gesprochen, so fing es an, Taler zu regnen, harte, blanke Taler, als wenn es mit Mulden gösse, und die Taler schlugen ihm auf den Kopf, Schultern und Arme. Er fing an, kläglich zu schreien, und wollte zur Türe springen, doch ehe er sie erreichen und aufriegeln konnte, stürzte er, am ganzen Leibe blutend, zu Boden. Aber das Talerregnen nahm kein Ende, und bald brach von der Lat die Diele zusammen, und der Goldschmied mitsamt dem Gelde stürzte in den tiefen Keller. Darauf regnete es immer weiter, bis die hunderttausend voll waren, und zuletzt lag der Goldschmied tot im Keller und auf ihm das viele Geld. Von dem Lärm kamen die Nachbarn herbeigeeilt, und als sie den Goldschmied tot unter dem Gelde liegen fanden, sprachen sie: „Es ist doch ein großes Unglück, wenn der Segen so knüppeldick kommt." Darauf kamen auch die Erben und teilten.

Unterdes ging der Bauer vergnügt nach Hause und zeigte seiner Frau den Ring. „Nun kann es uns gar nicht fehlen, liebe Frau", sagte er. „Unser Glück ist gemacht. Wir wollen uns nur recht überlegen, was wir uns wünschen wollen."

Doch die Frau wusste gleich guten Rat. „Was meinst du“, sagte sie, „wenn wir uns noch etwas Acker wünschten? Wir haben gar so wenig. Da reicht so ein Zwickel gerade zwischen unsere Äcker hinein; den wollen wir uns wünschen.“

„Das wäre der Mühe wert“, erwiderte der Mann. „Wenn wir ein Jahr lang tüchtig arbeiten und etwas Glück haben, könnten wir ihn uns vielleicht kaufen.“ Darauf arbeiteten Mann und Frau ein Jahr lang mit aller Anstrengung, und bei der Ernte hatte es noch nie so geschüttet wie dieses Mal, sodass sie den Zwickel kaufen konnten und noch ein Stück Geld übrigblieb. „Siehst du!“ sagte der Mann, „wir haben den Zwickel, und der Wunsch ist immer noch frei.“

Da meinte die Frau, es wäre wohl gut, wenn sie sich noch eine Kuh wünschten und ein Pferd dazu. „Frau“, entgegnete abermals der Mann, indem er mit dem übriggebliebenen Gelde in der Hosentasche klapperte, „was wollen wir wegen solch einer Lumperei unsern Wunsch vergeben. Die Kuh und das Pferd kriegen wir auch so.“

Und richtig, nach abermals einem Jahr waren die Kuh und das Pferd reichlich verdient. Da rieb sich der Mann vergnügt die Hände und sagte: „Wieder ein Jahr den Wunsch gespart und doch alles bekommen, was man sich wünschte. Was wir für ein Glück haben!“ Doch die Frau redete ihrem Manne ernsthaft zu, endlich einmal an den Wunsch zu gehen.

„Ich kenne dich gar nicht wieder“, versetzte sie ärgerlich. „Früher hast du immer geklagt und gebarmt und dir alles Mögliche gewünscht, und jetzt, wo du’s haben kannst, wie du’s willst, plagst und schindest du dich, bist mit allem zufrieden und lässt die schönsten Jahre vergehen. König, Kaiser, Graf, ein großer, dicker Bauer könntest du sein, alle Truhen voll Geld haben – und kannst dich nicht entschließen, was du wählen willst."

„Lass doch dein ewiges Drängen und Treiben", erwiderte der Bauer. „Wir sind beide noch jung, und das Leben ist lang. Ein Wunsch ist nur in dem Ringe, und der ist bald vertan. Wer weiß, was uns noch einmal zustößt, wo wir den Ring brauchen. Fehlt es uns denn an etwas? Sind wir nicht, seit wir den Ring haben, schon so heraufgekommen, dass sich alle Welt wundert? Also sei verständig. Du kannst dir ja mittlerweile immer überlegen, was wir uns wünschen könnten."

Damit hatte die Sache vorläufig ein Ende. Und es war wirklich so, als wenn mit dem Ringe der volle Segen ins Haus gekommen wäre, denn Scheuern und Kammern wurden von Jahr zu Jahr voller und voller, und nach einer längeren Reihe von Jahren war aus dem kleinen, armen Bauer ein großer, dicker Bauer geworden, der den Tag über mit den Knechten schaffte und arbeitete, als wollte er die ganze Welt verdienen, nach dem Vesper aber behäbig und zufrieden vor der Haustüre saß und sich von den Leuten guten Abend wünschen ließ.

So verging Jahr um Jahr. Dann und wann, wenn sie ganz allein waren und niemand es hörte, erinnerte zwar die Frau ihren Mann immer noch an den Ring und machte ihm allerhand Vorschläge. Da er aber jedes Mal erwiderte, es habe noch vollauf Zeit und das Beste falle einem stets zuletzt ein, so tat sie es immer seltener, und zuletzt kam es kaum noch vor, dass auch nur von dem Ring gesprochen wurde. Der Bauer selbst drehte den Ring zwar täglich wohl zwanzigmal am Finger um und besah ihn sich, aber er hütete sich, einen Wunsch dabei auszusprechen.

Und dreißig und vierzig Jahre vergingen, und der Bauer und seine Frau waren alt und schneeweiß geworden, der Wunsch aber war immer noch nicht getan. Da erwies ihnen Gott eine Gnade und ließ sie beide in einer Nacht selig sterben.

Kinder und Kindeskinder standen um ihre beiden Särge und weinten, und als eines von ihnen den Ring abziehen und aufheben wollte, sagte der älteste Sohn:

„Lass den Vater seinen Ring mit ins Grab nehmen. Er hat sein Lebtag seine Heimlichkeit mit ihm gehabt. Es ist wohl ein liebes Andenken. Und die Mutter besah sich den Ring auch so oft; am Ende hat sie ihn dem Vater in ihren jungen Tagen geschenkt." So wurde denn der alte Bauer mit dem Ringe begraben, der ein Wunschring sein sollte und keiner war, und doch so viel Glück ins Haus gebracht hatte, als ein Mensch sich nur wünschen kann. Denn es ist eine eigene Sache mit dem, was richtig und was falsch ist; und schlecht Ding in guter Hand ist immer noch viel mehr wert als gut Ding in schlechter.

Jede Landschaft hat ihre eigene, besondere Seele, wie ein Mensch, dem du gegenüberlebst.

CHRISTIAN MORGENSTERN

LUDWIG GANGHOFER

Das Innere der Berge

Das weiß doch ein jedes Kind, dass die Berge nicht durch und durch aus Stein und grauen Felsen bestehen; nur nach außen zeigen sie diese raue, undurchsichtige Hülle – in ihrem Innern aber, da gibt es Säle, Schiffe und Kuppeln, wie in einem herrlichen Dom; schier unabsehbar reiht sich Gemach an Gemach – und da ist jede Wand ein einziger, funkelnder, glatt geschliffener Bergkristall, geziert mit blutroten Granaten, und die Decke eines jeden Gemaches ist aus klarem, himmelblauem Gletschereis gewölbt, in dem sich die Sonnenstrahlen zu bunten, wundersamen Farben brechen. Mit diesen Zaubersälen wechseln herrliche Hochlandsgärten und Almenfelder, auf denen in ewigem Frühling die Blumen blühen; weiße Gemsen ziehen friedlich durch das üppige Gras, durch die Almrauschbüsche schlüpfen die Schneehühner und in den silberhellen Bächen spielen goldschuppige Forellen.

Schönheit
ist die Blüte des Glücks.

AUS JAPAN

HANS CHRISTIAN ANDERSEN

Der Gärtner und die Herrschaft

Eine Meile von der Hauptstadt entfernt stand ein altes Schloss mit dicken Mauern, Türmen und gezackten Giebeln. Hier wohnte, jedoch nur in der Sommerzeit, eine reiche, hochadelige Herrschaft; das Schloss war das beste und schönste von allen Schlössern, die sie besaß. Es stand wie neugegossen von außen da, und drinnen herrschten Traulichkeit und Bequemlichkeit. Das Wappen der Familie war in Stein über dem Tor eingehauen, wunderschöne Rosen schlangen sich um Wappen und Erker, ein ganzer Grasteppich breitete sich vor dem Schloss aus, und da waren Rotdorn und Weißdorn, da waren seltene Blumen selbst außerhalb des Treibhauses. Die Herrschaft hatte auch einen tüchtigen Gärtner; es war eine Lust, den Blumengarten, den Obst- und Küchengarten zu sehen. (…)
Ein paar Mal in der Woche brachte der Gärtner frische Blumen ins Zimmer, immer höchst geschmackvoll geordnet. Er setzte die Farben durch die Zusammenstellung gleichsam in ein stärkeres Licht.

„Sie haben Geschmack, Larsen!“, sagte die Herrschaft. „Es ist eine Gabe, die der liebe Gott Ihnen gegeben hat, aus sich selber haben Sie es nicht!“

Eines Tages kam der Gärtner mit einer großen Kristallschale, darin lag ein Wasserrosenblatt; auf dieses war, mit dem langen, dicken Stängel im Wasser, eine strahlend blaue Blume gelegt, so groß wie eine Sonnenblume.

„Hindustans Lotus!“, sagte die Herrschaft. Eine solche Blume hatten sie noch nie gesehen, und sie wurde am Tage in die Sonne und am Abend ins Reflexlicht gestellt. Jeder, der sie sah, fand sie wunderbar schön und selten, ja, das sagte selbst die vornehmste von den jungen Damen des Landes, und das war eine Prinzessin; klug und herzensgut war sie. Die Herrschaft setzte eine Ehre darein, ihr die Blume zu überreichen, und sie kam mit der Prinzessin auf das Schloss. Nun ging die Herrschaft in den Garten hinab, um selber eine Blume von derselben Art zu pflücken, wenn noch eine solche da war, aber sie war nicht zu finden. Dann riefen sie den Gärtner und fragten, woher er die Lotus habe.

„Wir haben vergebens gesucht!“, sagten sie. „Wir sind in den Treibhäusern und durch den ganzen Blumengarten gegangen!“

„Nein, da ist sie wirklich auch nicht zu finden!“, sagte der Gärtner. „Es ist nur eine geringe Blume aus dem Küchengarten! Aber, nicht war, wie schön sie ist! Sie sieht aus wie ein blauer Kaktus und ist doch nur die Blüte einer Artischocke!“

„Das hätten Sie uns aber gleich sagen müssen!“, sagte die Herrschaft. „Wir mussten glauben, dass es eine fremde seltene Blume sei. Sie haben uns vor der jungen Prinzessin blamiert! Sie sah die Blume bei uns, fand sie so schön, kannte sie nicht, und sie ist doch gut bewandert in der Botanik, aber die Wissenschaft hat gewiss nicht mit den Küchenkräutern zu tun. Wie konnte es Ihnen doch einfallen, lieber Larsen, eine solche Blume ins Zimmer zu setzen. Sie machen uns ja lächerlich!“

Und die schöne blaue Prachtblüte, die aus dem Küchengarten geholt war, wurde aus dem herrschaftlichen Zimmer entfernt, wohin sie nicht gehörte, ja, die Herrschaft brachte eine Entschuldigung bei der Prinzessin vor und erzählte, dass die Blume nur ein Küchengewächs sei, dass der Gärtner hinzustellen sich erkühnt habe; aber er habe dafür auch einen ernsten Tadel erhalten.

„Das ist aber wirklich unrecht!“, sagte die Prinzessin. „Er hat ja unsere Augen für eine Prachtblüte erschlossen, die wir bisher nicht beachtet hatten. Er hat uns die Schönheit gezeigt, wo es uns nicht eingefallen war, sie zu suchen! Der Schlossgärtner soll mir jeden Tag, solange die Artischocken blühen, eine Blume davon in mein Zimmer bringen!“

Und so geschah es. Die Herrschaft ließ dem Gärtner sagen, dass er nun wieder eine frische Artischockenblüte bringen könne. „Sie ist eigentlich sehr schön“, sagten sie, „höchst eigentümlich!“, und der Gärtner erhielt ein Lob.

Denn in sich ganz und einfach ist das Große.

EMANUEL GEIBEL

WEISHEITSGESCHICHTE

Das Geheimns der Zufriedenheit

„Meister", fragte ein Schüler seinen Meister „was tust du, um glücklich und zufrieden zu sein? Ich wäre gerne so glücklich wie du."
Der Alte lächelte ihn an und antwortete: „Wenn ich liege, dann liege ich. Wenn ich aufstehe, dann stehe ich auf. Wenn ich gehe, dann gehe ich und wenn ich esse, dann esse ich."
„Aber das tue ich alles auch. Das kann es doch nicht sein! Was ist dein Geheimnis?"
Der Meister sah die Unruhe und den Unmut des Schülers und fügte hinzu: „Sicher liegst auch du und du gehst auch und du isst. Aber während du liegst, denkst du schon ans Aufstehen. Während du aufstehst, überlegst du, wohin du gehst und während du gehst, fragst du dich, was du essen wirst. So sind deine Gedanken ständig woanders und nicht da, wo du gerade bist. Im Schnittpunkt von Vergangenheit und Zukunft findet das eigentliche Leben statt. Lass dich auf diesen Augenblick ein, so hast du die Chance, wirklich glücklich und zufrieden zu sein."

TEXTNACHWEIS

Ajahn Brahm, Der Tag, an dem alle meine Wünsche erfüllt wurden; Was Weisheit ist. In: Ajahn Brahm, Die Kuh, die weinte. Buddhistische Geschichten über den Weg zum Glück. © 2006 Lotos Verlag, München, in der Verlagsgruppe Random House GmbH, Übersetzung: Marina Kempff

Michael Ende, Die unendliche Geschichte (Auszug). © by Thienemann Verlag (Thienemann Verlag GmbH), Stuttgart/Wien. www.thienemann.de

Michael Frey Dodillet, Willkommen im Tag der Ahnungslosen. In: Michael Frey Dodillet, Herrchenjahre. Vom Glück, einen ungezogenen Hund zu haben. © 2011 Wilhelm Heyne Verlag, München, in der Verlagsgruppe Random House GmbH

Kerstin Gier, Das geheimnisvolle Wetterphänomen oder warum es immer genau dort regnet, wo ich Urlaub mache. In: Kerstin Gier, Ach, wär ich nur zu Hause geblieben. © 2012 Bastei Lübbe GmbH, Köln

Dora Heldt, Der perfekte Sommer. In: Karoline Adler (Hrsg.), Urlaubslesebuch. © 2012 Deutscher Taschenbuch Verlag, München

Milena Moser, Ode ans Kaffeehaus. © Milena Moser für Brigitte Woman

Herbert Rosendorfer, Eine Begegnung im Park. © 1980 by nymphenburger in der F.A. Herbig Verlagsbuchhandlung GmbH, München

Rafik Schami, Am Meer. In: Rafik Schami, Der Fliegenmelker. © 1997 Carl Hanser Verlag, München

Tomi Ungerer, Der Sammler. In: Tomi Ungerer, Mit Geschichten durchs Jahr. Copyright © 2011 Diogenes Verlag AG Zürich